KB159687

내 손안의 주역

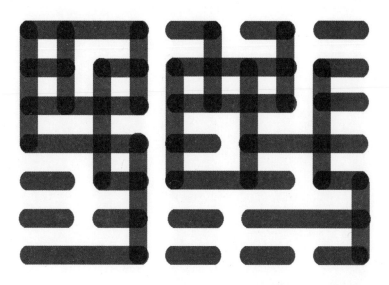

내 손안의 주역

양선규
지 음

책머리에

"마법은 없어도 책은 읽을 수 있다." 제가 이 책을 쓰면서 늘 다짐했던 말입니다. 한동안 외로움을 달래기 위해서 책을 읽고 글을 써왔습니다. 특히 동양 고전에서 많은 위안을 얻었습니다. 『논어』, 『맹자』, 『장자』, 『노자』, 그리고 『사기열전』과 『주역』을 주로 읽었습니다. 고전 읽기에 따로 선생님을 모시지는 않았습니다. 그냥 틈틈이 제 수준 안에서 읽었습니다. 처음에는 해설서를 많이 읽었습니다. 해설에 호기심이 일거나 의심이 들면 원전과 다른 해설서를 찾아 읽었습니다. 서투른 읽기지만 혼자 가지고 있기 아까운 것들은 신문이나 교육기관지, 페이스북이나 브런치 같은 곳에 한 번씩 싣기도 했습니다.

그동안의 읽기 작업 중 『주역』 편만 따로 떼어 책으로 엮으면서 든 생각이 있습니다. 저는 여태 경전 읽기의 방식이 아니라 소설 읽기의 방식으로 고전을 읽었습니다. 제가 평생 해온 일이 소설을 읽고 쓰는 일이었기 때문에 그쪽이 편하고 재미있었던 것 같습니다. 한문을 제대로 배워본 적도 없으면서 무턱대고 읽은 것이었지만 그 과정이 제게는 늘 새로운 경험이었습니다. 고전에 대해서 설명하고 있는 책들을 읽고 그 해석에 기대거나 반하여 제 나름의 소감을 덧붙이는 일로 날밤을 샌 적도 여러 번 있었습니다. 근본 없고 무식한 천학비재(淺學菲才)의 소산이니 당연히 전문가들이 보기에는 오독도 많을 것입니다. 그 비난이 두려운 것은 아닙니다. 다만 큰 공부들 앞에서는 겸손할 필요가 있을 것으로 생각합니다. 그래서 가급적 정오(正誤) 판단의 대상이 되는 언급은 피했습니다. 제 소감 중심으로 가능한 해석, 참조가 되는 관점, 재미있고 유용한 읽기에만 집중했습니다. "이렇게도 읽을 수가 있구나!" "재미있는 관점이구나!" "이렇게 읽으니 쉽게 이해가 되네!" 정도의 반응만 얻을 수 있으면 제가 할 일은 다 했다고 여깁니다. 만약 고전에 대한 풍부한 해설이나 만족스런 비평을 원하시면 그쪽 방면의 좋은 책들을 보시면 되겠습니다.

독서는 인류가 고안한 가장 탁월한 정신 수련 방법입니다. 책 읽는 정신이 가장 순정한 정신입니다. 그 끝을 알 수 없는 광대무변(廣大無邊)의 정신 활동 영역 안에서 자유롭게 생각하고 반박하는 재미는 도저히 지상의 척도로는 측정이 불가합니다. 흥미와 교훈, 어떻게 보면 상극적이라고도 할 수 있는 그 두 에너지의 협업이 얼마만큼 효과적으로 이루어지는가에 따라 독서의 효과는 천차만별이 됩니다. 그런 최대치의 독서 효과를 찾아내는 것이 바로 저 같은 사람들이 해야 될 일인 것입니다. 많이 아는 것과 잘 가르치는 것이 별개의 일이듯이 소지한 지식의 분량과 좋은 글쓰기는 별개의 일이기 때문입니다.

이 책은 저의 고전 읽기 중에서도『주역』읽기 서른 편만을 따로 모은 것입니다.『주역』은 특별히 상징적, 직관적으로 읽어야 한다고 생각했습니다. 그리고 모르는 것, 어려운 것, 황당한 것은 빼고 읽어야 한다고 생각했습니다. 그 결과로 나온 것이『내 손안의 주역』입니다.

『논어』나『주역』은 옛날이나 지금이나 최고의 지성인들이 읽는 책입니다. 읽으면 읽을수록 한 줄 한 줄이 용상봉무(龍翔鳳舞), 지식과 상상의 최대치를 시연합니다. 일이관지면 일이관지, 상징이면 상징, 어느 것 하나 버릴 것이 없는 책들입니다. 다만, 텍스트 내의 의미 연관들을 파악하는 데 너무 많은 시간과 정성이 요구된다는 것이 흠이라면 흠입니다. 많은 시간과 노력을 기울여 텍스트 해석에 주력하다 보면 자기도 모르는 사이에 "이 책에 대하여 얼마나 많이 아는가?"에 매달리게 될 수도 있습니다. 그것이 인지상정입니다. 그런 것을 저는 어떤 글에서 '문자벽서권귀(文字癖書卷鬼)'라고 풍자했습니다. '문자향서권기(文字香書卷氣)'를 패러디한 것입니다. 글자 한 자 한 자에 목숨을 거는 책귀신들이 많다는 뜻입니다. 그렇게 해서는 아무것도 이룰 수가 없습니다. 흔히 하는 말로 독서를 통한 위기지학(爲己之學)은 아예 불가능합니다. 남들에게 자기 지식을 과시하는 위인지학(爲人之學)으로 흐를 공산이 큽니다. 지식의 축적도 중요하지만 자기가 변화해내는 과정을 한 땀 한 땀 살피고 기록하는 것도 중요하다고 생각합니다.

『주역』 64편을 다 읽고 매 편마다의 소감을 기록해두었지만 그중에서 읽기 좋고 느낌이 좋은 것들 서른 편만 골라 실었습니다. 이 책은 "이 책에 대해서 얼마나 많이 아는가?"에 답하기 위해서 지은 책이 아닙니다. 모르고 어렵고 황당한 것들과 제 안에서 제대로 발효되지 않은 것들을 다 빼다 보니 소략하게 서른 편만 남게 되었습니다.

이 책에 실려 있는 글들은 넓게 보면 문학적 담론에 속할 수 있을 것입니다. 무엇에 관해 말하든 문학은 '아는 것만으로는 언제나 부족한' 그 무엇을 지향합니다. 저 나름으로는 그런 문학의 본질에 충실히 임하였다고 생각합니다만 제가 무엇을 말하든 반드시 부족하거나 넘치는 부분이 있을 것입니다. 따뜻한 격려보다는 엄한 질책을 기다립니다. 노자(老子)는 "천도무친 상여선인(天道無親 常與善人, 하늘의 도는 지극히 공평하여 누구라고 더 친절히 대하는 일이 없고 다만 항상 착한 사람에게

만 친절을 베푼다)"이라고 말했습니다. 부끄럽기 그지없지만, 이 책을 짓는 일도 선한 뜻으로 하는 일이니 하늘도 결코 무심치 않으리라 믿습니다.

대봉(大鳳) 우거(寓居)에서
양선규

차례

암말의 곧음이 이롭다

항룡유회(亢龍有悔)

가끔, 학생들에게 묻습니다. '공주의 남자'에서 '공주'가 중요해요, '남자'가 중요해요? 그러면 여학생이 많아서 그런지 대개 '남자요!'라는 대답이 훨씬 크게 들립니다. 이어서 '무사 백동수는요?'라고 물으면 '백동수요!'라고 답하고, '제빵왕 김탁구는요?'라고 물으면 당근 '김탁구요!'라는 반응이 압도적입니다. 질문의 저의는 모른 채 드러난 '질문의 리듬'만을 즐기면서 아주 신이 나서 그렇게 답합니다. 이제 그 신나는 리듬감을 깨는 일만 남아 있습니다. 두 단어가 합쳐서 하나의 의미를 형성하는 관계에서는 언제나 앞말의 의미가 중요한 법이라고 엄숙하게, 단정적으로 말합니다. 뒷말은 그저 별 볼 일 없이 따라 나오는 '친구 따라 강남 가는 말들'에 불과하다고 덧붙입니다. 그러면서 슬쩍 『장자』에 나오는 '포정(庖丁)'이야기를 꺼냅니다.

'포정'은 '주방장 정씨'라는 뜻입니다. 장자가 이른바 '양생

(養生)의 도(道)'를 가르치려고 만든 이야기인데 그 주인공의 이름까지는 알 필요가 없어서 성(姓)만 붙였습니다('丁'을 '사내'로 읽으면 '푸줏간 사내'가 됩니다). 물론 옛날의 언어 관습이 그러한 것이기도 했지만, 포정이 아니라 행여 '포박(庖朴)'이라 한들 뭐가 달라지겠습니까? 백동수든 김탁구든 그들이 진정한 무사였고 제빵사였다는 것이 중요하지 이름이 중요한 것은 아니지 않습니까? 그들의 삶이 우리에게 하나의 인생 교과서가 된다는 것이 중요하지 그들의 이름이 중요한 것은 아니지 않겠습니까? 그렇게 말하면 나의 순진한 학생들은 이내 정색을 하고 고개를 끄덕이며 동의하는 표정을 짓습니다.

제가 포정 이야기를 자주 입에 올리는 것은 검도 애호가로서 그의 칼솜씨를 높이 평가하는 때문이기도 하지만(일본에서 알아주는 칼의 상표가 '포정'입니다), 그것보다는 그와 같은 달인의 인생을 한 번 살아보고 싶다는 꿈이 지극하기 때문입니다. 그의 소 잡는 경지는 최고의 예술인 음악에 비견됩니다. 그의 칼 놀림 한 번에 떨어져 나가는 소의 살점들이 지극한 예술적 느낌을 준다는 것입니다. 날마다 비굴하게 조아리며 하루 세끼 밥 빌어먹기에 급급한 우리네 인생에서 그런 예술적 느낌에 도전한다는 것은 얼마나 꿈같은 일입니까? 그래서 더 꿈꾸게 되는지도 모르겠습니다만.

잠깐 말이 엇나갔습니다만, 제가 드리고 싶은 말은 "『주역』

의 말씀은 앞부분이 중요하다"는 것입니다. 백동수나 김탁구가 중요한 것이 아니라 '무사'와 '제빵왕'이 중요하다는 것입니다. 만약 조건 종속절이 앞에 오는 복문(複文)이라면 주절보다는 종속절 해석에 심혈을 기울여야 합니다. 그 안에서 나 자신을 흠뻑 적셔야 합니다. 거기서 만약 내가 수준 미달이라는 판단이 서면 주절까지 넘어갈 필요도 없습니다. 미래를 볼 생각을 아예 접고 그냥 주저앉아서 그동안의 과실과 미숙을 되돌아봐야 합니다. 자, 그러면 본론으로 들어가겠습니다.

어릴 때 살던 마산의 용마산(龍馬山)이 문득 생각납니다. 지금은 도회지 한복판을 차지하고 있는 야트막한 동산입니다만 옛날에는 도시의 끝자락에 면한 제법 규모 있는 산이었습니다. 산 중턱에는 시립도서관이 있었습니다. 아마 제가 어릴 때 오르내리던 산이어서 더 그런 느낌의 차이가 생기는 것일 수도 있겠습니다. 용마산을 갑자기 생각하게 된 것은 『주역』에서 만난 '말(馬)' 때문입니다. 『주역』 2장 중지곤(重地坤), 곤괘(坤卦)☷의 첫 구절이 "곤은 크게 형통하고, 암말의 곧음이 이로우니(坤元亨 利牝馬之貞)"였습니다. 첫째 장 중천건(重天乾) 건괘(乾卦)☰ 편에서는 주로 용(잠룡, 현룡, 비룡, 항룡)을 이야기하더니[1] 이 장에서는 암말(牝馬) 이야기를 합니다. 건(乾)

---

1 잠룡, 현룡, 비룡, 항룡에 대한 효사는 다음과 같다. 초구(初九)는 잠룡(潛龍)이니 물용(勿用)이니라. 구이(九二)는 현룡재전(見龍在田)이니 이견대인(利見大人)이니라. 구오(九五)는 비룡재천(飛龍在天)이니 이견대인(利見大人)이니라. 상구(上九)는 항룡(亢龍)이니 유회(有悔)리라. 잠룡은 물속에 숨은 용이고, 현룡은

이 하늘이고 곤(坤)이 땅인지라 그 각각에 속하는 대표 동물을 용과 말로 보고 그것들을 대비적으로 견주어서 우주나 삶의 이치를 설명하려는 모양입니다. 용도 나오고 말도 나오니 어쩔 수 없이 제 빈약한 어휘적 상상력이 용마산을 불러낸 것 같습니다. 그러면서 맥락 일탈적인 상상이 또 하나 들어옵니다. 그 둘이 합체한 용마(龍馬)가 연상되는 것입니다. 그런데 제 기억에 남아 있는 용마산의 형상은 아무리 생각해도 '하늘을 나는 말'의 그것은 아니었던 것 같습니다. 마산시를 품고 있는 무학산의 학봉(鶴峯)은 그나마 양해가 되지만(인재를 포용하는 바위산의 풍모가 좀 있었습니다) 용마산은 백보를 양보해도 그냥 허명인 것 같았습니다. 아무튼 옛날 사람들의 상상력은 대단한 것 같습니다. 그저 제멋대로 생긴 뭉툭한 동산에다가 용마(龍馬)라는 거창한 이름을 부여한 것만 봐도 알 수가 있습니다. 용마산에 얽힌 제 이야기는 다음에 말씀드리고, 일단 '암말의 곧음이 이롭다'라는 이 글의 제목부터 말씀드리겠습니다.

곤의 곧음이 이로운 바는 암말에 이롭다. 말은 땅에서 다니는 것이고 또 암컷으로 순함이 지극하니, 지극히 유순한 후에 형통하므로 오직 암말이 곧아야 이롭다.

坤貞之所利, 利於牝馬也, 馬, 在下而行者也, 而又牝焉, 順之至也, 至

밖으로 나와 밭에 앉은 용이고, 비룡은 하늘로 솟구치는 용이고, 항룡은 하늘 끝까지 올라간 용이다. 하늘 끝까지 올라가면 반드시 후회함이 있다는 말이 '항룡유회'이다.

順而後乃亨, 故唯利於牝馬之貞.(왕필, 『주역왕필주』, 임채우 옮김, 길, 2006, 39쪽)[2]

육효가 모두 음인 곤괘에서도 각 효마다 좋은 말씀이 가득합니다. 육사(六四)의 "주머니를 매면 허물도 없으며 명예도 없으리라(括囊无咎无譽)"도 좋고, 상육(上六)의 "용이 들에서 싸우니, 그 피가 검고 누렇도다(龍戰于野 其血玄黃)"도 좋습니다. 모두 제 분수를 지켜 순탄하게 살기를 권면하는 말인 것 같습니다.

제가 이 대목에서 용마산을 연상한 것은 앞에서 말씀드린 것처럼 『주역』의 서두가 용과 말의 이야기로 이루어져 있다는 것 때문이었습니다. 그렇지만 그 용마산과 연관된 저의 기억은 결코 『주역』적이지 않습니다. 전혀 장엄하거나 특별히 계시적이거나 하지 않습니다. 오히려 그 반대입니다. 남 앞에 드러내기 부끄러운 가족사의 한 편린이 거기 담겨 있기 때문입니다.

항룡유회(亢龍有悔), 한참 잘 올라가다가 급전직하, 모든 것을 다 말아먹고 패가망신, 야반도주하여 마산으로 가서 일용직 노동자의 삶을 전전하던 선친이 용마산 아래 초등학교 신축 공사장의 야간경비원으로 발탁된 것은 당시 그 지역 법원의 법원장으로 근무하던 어머니의 종조부 덕분이었습니다(항렬은 여차여차 굉장히 높으셨지만 연세는 오십대 초반이었습니다. 저

2 앞으로는 책명과 쪽수로만 표시함.

16

의 외조부가 나이 어린 삼촌을 공부시켜서 법관을 만들었다고 들었습니다). 선친은 거기서 약간의 모험을 합니다. 간조(주당 지급되는 보수)로는 턱없이 모자라는 생활비를 보충하는 방법으로 공사장에서 사용되던 비품 나부랭이를 슬쩍슬쩍 빼돌리는 '생선집 고양이 짓'을 한 겁니다. 심야에 저를 불러 그날 작업한 것을 집으로 배달시켰습니다. 주로 못 같은 쇠붙이들이었습니다. 저는 다음 날 아침 학교 가는 길에 필요한 만큼 건재물상에 그것들을 내다 팔았고요. 그렇게 몇 푼씩 있는 사람 것을 나누어 가지다가 결국은 비참한 말로를 겪습니다. 들판에다가 '검고 누런 피'를 흘리고 말지요. 저는 뒷골목을 주로 이용했기 때문에 별 탈이 없었습니다만 어쩌다 한번씩 집에 내려와 말 노릇을 하던 형이 대로를 이용하다가 파출소 앞에서 덜컥 불심검문에 걸리고 맙니다. 형이 절도범으로 몰릴 처지에 놓이게 된 것입니다. 외할아버지 빽도 있었던 터라 유야무야, 별일 아닌 것으로 처리되긴 했지만(아마 집수리에 필요해서 1회에 한해 유용한 것으로 처리해서 훈방 처리되었을 겁니다) 저의 어린 마음에는 적지 않은 흠집을 남긴 사건이었습니다.

선을 쌓은 집은 반드시 경사가 넘치고 불선(不善)을 쌓은 집은 반드시 재앙이 넘칠 것이니, 신하가 임금을 시해하고 자식이 아버지를 시해하게 되는 일은 하루아침에 벌어지는 일이 아니라 그 연유한 바가 점차로 이뤄진 것이다. 분별할 것을 분별하지 못함으로 말미암은 것이니, 역(易)에서 말하기를 "서리를 밟으면 굳은 얼음에 이른다" 하니 대개 순(順)함을 말한 것이다.(『주역왕필주』, 47~48쪽)

용마산 사건 이후로 선친은 새로운 직장을 구합니다. 이를테면 참회와 봉사의 길로 들어섭니다. 그 선택에 앞서, 제게 '일말의 부끄러움'만 감수해내면 훨씬 더 순(順)한 삶이 보장이 될 거라고 동의를 구했습니다. 교회 신축 공사장에서 일한 인연으로 그 교회의 사찰집사 자리를 얻게 되었다는 거였습니다. 평양신학교를 나와서 교단 지도자로 활약하고 계시던 그 교회 목사님은 마침 그때 큰 송사에 휘말려 있었습니다(재단 이사장인 목사님은 대학과 병원 운영을 둘러싸고 노회와 제법 큰 송사를 벌이고 있었습니다). 목사님은 '문자 속이 기특하던' 아버지에게 자신의 송사에 필요한 여러 서면들을 작성케 했습니다. 주로 저녁 시간을 할애해서 자료도 분류하고 서면도 작성했습니다. 아버지는 그 부지런한 성품으로 청소도 잘했고, 종도 잘 쳤고, 교회 주보도 잘 만들었고, 각종 송사의 서면 작성도 잘했습니다. 덕분에 저도 목사님의 사랑을 많이 받았습니다. 가장 기억에 남는 것이 개고기였습니다. 수삼 년 동안 아마 성견 네댓 마리는 저 혼자 너끈하게 해치운 것 같습니다. 그때 목사님이 즐겨 드시던 개소주의 잔존물(찌꺼기라고 하기에는 억울할 정도로 고기 씹는 맛이 좋았습니다)들을 먹고 한여름을 거뜬하게 나곤 했습니다. 그동안의 영양실조를 충분히 만회했습니다. 어쨌든 저는 그렇게 그때부터 순한 인생길로 들어서게 되었습니다. 아버지가 틀어주는 새벽 종소리(차임벨)를 꿈결에 들으며 어머니를 여의고 가난에 찌들려 살던 '무겁고 힘든 짐'들을 다소간 내려놓을 수 있었습니다. 걸을 때마다 어깨를 콕콕 찌르던 그 보따리 속의 못들에 대한 좋지 않은 기억들도 다 잊고 살 수가 있었습니다. 그 이후로는 별다른 곡절 없이 무난하게 살아왔습니다. 초년에 겪은 고생과 아픔들이 그 이후의 삶에 좋은 비료 역할을 많이 했던 것 같습니다. 큰 절망도, 큰 이별도, 큰 병도, 큰 손실도 없이 살아왔습니다. 나이 들면서부터는 그렇게 너무 순탄한 길만 걸어온 것이 까닭 없는 불안감을 조장할 때도 있습니다. 그동안 미루어놓은 그 모든 불행들이 한꺼번에 도적처럼 몰려드는 것은 아닐까 하는 걱정이 들 때가 있는 것입니다. 집사람은 이미 신혼 초에 그런 느낌을 가졌다고 말합니다만 저는 나이 육십에 들어서야 겨우 그런 생각이 드는군요. 그만큼 어렵고 사납게 살아왔다는 거겠지요. 얼마 전 아내가 "종 부리며 사냐?"라고 저의 새벽밥 달라는 소리에 불만을 토로한 적이 있었습니다. 밤새 몸살에 시달리다가 "밤, 새벽에 오한과 인후통에 시달림"이라고 카톡을 날린다는 것이 "밥, 새벽에 오한과 인후통에 시달림"이라고 오타를 내서 아내의 심기를 거슬렸던 것입니다(얼마 전부터 따로 방을 쓰고 있습니다). 아내 역시 비슷한 컨디션이었거든요. 그런데 몸이 아프니 자초지종을 알아볼 새도 없이 반발심이 돋는 것이었습니다. "그래? 넌 종이니? 난 평생 개처럼 살아왔다"라는 막말 반응이 바로 튀어나왔습니다. 평생 호강 한 번 제대로 누려본 적이 없었던 제 인생이 갑자기 서럽게 치고 올라왔던 것입니다. 그렇게 새벽부터 앙앙불락하다가 같이 코로나 검사 받으러 갔다 와서야 자초지종을 알고 화해한 적이 있습니다. 딸이 외손자에게, 외손자가 외할머니 외할아버지에게, 골고루 바이러스를 나누어줘서 모두 양성반응이 나왔던 것입니다. 오랜만에 동병상련하면서 화기애애하게 둘러앉아 늦은 아침식사를 마쳤습니다. 기승전결 개고기인가요? 아니면 수미일관 개수작인가요? 제 개체(個體)로서의 인생은 교회에서, 그리고 개소주, 개고기로 시작했습니다. 그때부터 저는 냉엄한 세계와 맞대면한 개별적인 독립 주체로 살아나갈 수 있었습니다. 그래서 이 책에서도 그 이야기부터 시작하는 것이고요. 그런데 무슨 수미쌍관인지, 오늘 뜬금없이 갑자기 '개 같은 내 인생'이 튀어나오는군요. 곰곰 생각해보니 정말이지 그때부터 지금까지 한결같이 '개처럼' 살아온 것 같습니다(이때 '개처럼'은 "개처럼 벌어서 정승처럼 쓴다"라는 속담에서 사용되는 의미입니다). 자립을 위한 입신양명에, 가족부양에, 이제는 손자 키우기에 이르기까지, 제 인생은 끝없는 노역으로 점철되었습니다. 딱 하나의 예외가 있기는 합니다. 검도 수련이 그것입니다. 중학교 3학년 때 아버지로부터 교회 마당에서 배운 몇 가지 기본동작으로 시작한 검도 수련은 제 인생의 유일한 호사였습니다. 어쨌든, 지금 제 인생의 진행 상태가 이나마 순탄한 것도, 새끼를 생각하는 암말의 곧음이 이롭다고, 용마산 사건 이후 선친이 내린 결단, 그 분별력 있는 선택 덕분이 아닌가 싶습니다.

사족 한마디. 첫 장은 '마침'이요, 둘째 장은 '순함'이니 그렇게 사납게 살아온 인생을 『주역』 책을 펼치며 다시 되돌아볼 수 있게 된 것도 전혀 우연만은 아닌 듯합니다. "『주역』 안에 다 있다"라는 말이 실감이 납니다.[3]

---

3 참조 : 『주역』에서는 건(乾) · 태(兌) · 이(離) · 진(震) · 손(巽) · 감(坎) · 간(艮) · 곤(坤)의 팔괘를 기본으로 하여, 천지만물을 상징하는 육십사괘를 설정하였다.

말은 탔으나
왔다 갔다 한다 _____

수신제가(修身齊家)

　요즘 젊은이들 사이에서 MBTI(Myers-Briggs Type Indicator)
성격분류법이 유행합니다. MBTI는 16개의 유형을 가집니다.
일단 외향적인 E와 내향적인 I로 나누고 그 하위 분류로 감각형
S, 직관형 N, 사고형 T, 감정형 F, 판단형 J, 인식형 P로 나누어
16개 조합을 만듭니다. 원래 사람의 성격을 외향적, 내향적으로
나누고 인간의 정신 기능을 사고, 감정, 감각, 직관으로 파악한
것은 칼 융이었습니다. 아시다시피 심층심리학의 원조로는 프
로이트, 아들러, 융이 있습니다. 그들은 서로 협업하기도 했고
반목하기도 했습니다. 융 입장에서는 프로이트가 큰형, 아들러
가 작은형이었습니다. 그런데 같은 사실을 두고 프로이트와 아
들러가 정반대의 해석을 하는 것을 보고 융은 인간은 내향적 성
격과 외향적 성격으로 나누어진다고 생각했습니다. 융이 보기
에 아들러의 심리학이 대상을 희생시켜 주체의 중요성을 강조
하는(내향적 관점) 반면 프로이트의 심리학은 주체가 의미 있는

대상에 끊임없이 의존하는 것으로 보는 것(외향적 관점)이었습니다. 이를테면, 같은 사실을 두고 "컵 안의 물이 반이나 남았다"와 "컵 안의 물이 반밖에 남지 않았다"로 정반대로 생각한다는 것입니다. '반밖에'라는 비관적 현실 인식은 외향적 성격, '반이나'라는 낙관적 현실 인식은 내향적 성격으로 보자는 것이 융의 생각입니다. 내향적 성격은 자기 안에 뚜렷한 판단 기준이 있어서 외풍의 영향을 거의 받지 않습니다. 물론 개중에는 판단 기준이 뚜렷하지도 않으면서 외부의 영향을 전혀 받지 않으려는 성향도 있습니다. 그냥 고립되기를 원하는 아주 극단적인 경우도 있습니다. 외향적 성격은 그 반대입니다. 판단 기준이 외부에 있습니다. 그렇다고 해서 바람 부는 대로 이리저리 흔들리는 갈대와 같다는 말은 아닙니다. 그들 외향적 성격은 자신이 의지할 수 있는 외부의 권위를 찾는 데 특별한 감각적 촉수를 지니고 있습니다. 자기만의 '믿을 만한 소식통'들의 참조 의견을 수합하는 방식을 총동원해 그들을 찾아냅니다. 교유 관계도 상하를 막론하고 '판단 기준을 위탁할 수 있는 인물' 위주로 진행됩니다. 그러니 외향적 성격의 소유자들에게는 내향적 성격의 소유자가 반드시 필요합니다.

융은 사분법 정신기능 이론을 개발하면서 그것으로 인간을 나누려는 생각은 하지 않았습니다. 그는 "왜 굳이 사분법인가?"라는 질문에 "나도 모르겠다"라고 대답했습니다. 직관이라는 정신기능이 작용했다는 말이었습니다. 그는 그것을 인간 이해의 방도로만 사용했습니다. 이를테면 사고-감정, 감각-직관은 서로 상호텍스트성이 있다고 강조했습니다. 사고가 강하면 감정이 약하고, 감각이 강하면 직관이 약하다고 했습니다. 그래서 서로 보완이 필요하다는 것이지요. 그는 늘 그런 식이었습니다. 인간을 하나의 잣대로 일률적으로 판단하는 것은 위험하다고 생각했습니다. 심지어는 남자와 여자도 절대적인 인간 구분 기준이 되는 것이 아니라고 했습니다. 그의 유명한 아니마(Anima, 남성 속의 여성성) 이론이 그 대표적인 것입니다. 남자도 여자도 하나의 인간이라는 점에서 바라볼 필요가 있다는 것이었습니다. 그의 말에 귀 기울이면 "인간을 세밀하게 나누는 것일수록 더 거짓말일 공산이 크다"라는 믿음이 듭니다. 피검사자의 생각을 기준으로 이것이냐 저것이냐 밸런스 게임을 하는 경우는 더더욱 그렇고요. 내가 생각하는 '나'는 항상 '가까이 하기엔 너무나 먼 당신'이기 때문입니다. 그리고 또 하나, 그런 식의 검사 방법은 "인간은 스스로 변화하여야 한다"라는 옛 성인들의 공통된 가르침도 거부하는 것이어서 후과가 만만치 않습니다. 아무런 노력 없이 "생긴 대로 살아라"라고 부추기는 느낌이 듭니다.

『주역』 세번째 수뢰둔(水雷屯), 둔괘(屯卦)☲☰ 에서는 육이

(六二)의 효사 "말은 탔으나 왔다 갔다 한다"가 심금을 울립니다. 그 대목이 나오는 부분은 다음과 같습니다.

　　육이는 어렵게 왔다 갔다 하며 말을 타고 맴도니, 도적이 아니면 혼인하리라. 여자가 곧아서 시집가지 아니하다가, 십 년 만에야 시집가도다.

　　六二 屯如邅如 乘馬斑如 匪寇婚媾 女子貞不字 十年乃字.(『주역왕필주』, 54~55쪽)

그리고 주해에 "때가 바야흐로 어렵고 힘들어 바른 도가 아직 통하지 아니하니, 멀리 건너가서 행함은 나아가기가 어려우므로 '말은 탔으나 왔다 갔다 한다'고 하였다"라는 설명이 뒤따릅니다. '바른 도가 아직 통하지 아니하니'를 세상 물정에만 한정하지 않고 두루 제 속사정까지 비추는 것으로 간주하니 아주 시의적절하고 유의미한 계시가 됩니다.

　'왔다 갔다 한다'라는 말씀을 깊이 묵상해봅니다. 저의 최근 일상에 비추어봅니다. 지천명을 넘긴 이후부터는 멀리 나아가서 일을 도모한 적이 없었습니다. 그 나이 이후로는 학교의 주요 보직도 외부의 자문 역할이나 강연도 일절 맡지 않았습니다. 제가 일을 피한 것이 아니라 일이 저를 찾아오지 않았습니다. 집을 중심으로 반경 이 킬로미터 안에서만 왔다 갔다 했습니다. 학교로 출근하고, 학식 먹고, 검도 하고, 집에 와서 씻고, 생각나면 몇 자 적거나, 무료하면 텔레비전을 시청하고, 페이스북을 하고 잡니다. 변화 없는 일상의 반복이 거주지 반경 이 킬로미터 안에서만 이루어집니다. 때로는 이런 게 사는 건가 싶을 때도 있습니다. 주말이면 친구들과 골프도 치러 나가고 철마다 외국 여행도 좀 다니고, 그것도 못하면 국내 여행이라도 2박 3일쯤 다녀야 사는 거지 매일매일 다람쥐 쳇바퀴 도는 것처럼 '왔다 갔다' 하기만 해서야 쓰겠는가 하는 회의가 한 번씩 드는 것입니다. 그래서 궁여지책으로 '수신(修身)하고 제가(齊家)하는 일'을 하는 것도 할 만한 일이라는 자위를 하곤 합니다. 그러면 저의 수신제가 목록을 한번 꼽아보겠습니다.

집사람이 종교 행사에 참여하거나 경제활동(장보기 및 은행 출장 등등)을 할 때 운전기사로 적극 보조합니다. 기다리라면 기다리고 가라면 갑니다. 페이스북을 통한 친교 활동에도 게으름을 피우지 않습니다. 간혹 잡념이 들 때는 책을 읽습니다. 이 글을 쓰는 지금 읽고 있는 책은 『일본적 마음』(김응교, 책읽는마음)과 『새롭게 만나는 공자』(김기창, 이음)입니다. 얼마 전에는 『문학에는 무엇이 필요한가』(이남호, 현대문학)와 『깨어남의 시간들』(이강옥, 돌베개), 그리고 『파라미타의 행복』(정효구, 푸른사상)을 읽었습니다. 모두 같은 길을 가는 도반들의 책입니다. 여기서 저와 '같은 길을 간다'는 것은 "어떻게 살 것인가?"라는 물음에 힘써 답을 구하려는 노력을 기울이시는 분들이라는 뜻입니다. 혼자서는 항상 부족함을 느끼는 저는 그런 도반들의 책 속에서 어두운 앞길을 밝혀주는 밝은 등불들을 찾습니다.

최근의 잡념 중 가장 으뜸인 것은 '도적'만 아니라면 누구에게라도 달려가서 그의 '쓰임'이 되고 싶다는 생각입니다. 세속의 부귀공명이 아직도 포기가 안 되는 모양입니다. 잡념인 줄 알면서도 수시로 들락날락하는 것을 용납합니다. 그러면서 한편으론 이상한 자기합리화도 꾀합니다. '쓰임'이 없는 것을, 아직은 '바른 도가 통하지 않'는 형편이라 그저 '왔다 갔다' 할 뿐이라고 자위합니다. '도적만 아니라면' 누구라도 좋으니 나를 데려가 달라는 노처녀의 심정에 적극 동병상련합니다. 그러면서 시집을 못 가는 형편을 "여자가 곧아서 시집가지 아니한다"라는 말로 위안 삼습니다. 그야말로 과대망상과 피해망상이 '왔다 갔다' 합니다.

너무 제 이야기만 했습니다. 남들 이야기 한 토막 덧붙입니다. 얼마 전에 출근길 지하철 안에서 들었던 독설 한마디가 생각납니다. "못나게 생긴 것들이 서방 하나씩은 꼭 꿰차고 방구석에 틀어박혀 있는 게 참 꼴불견이다"라는 말을 들었습니다. 그 내용이 너무 충격적이라 돌아다봤습니다. 기품 있고 우아하게 생긴 중년 여성이 옆자리의 친구에게 하는 말이었습니다.

저렇게 차려입고 가사도우미로 나가실 일은 없으실 것이고(그렇다고 꼭 배제할 것도 아니겠습니다) 며느리 욕을 하는 건가 하는 생각이 문득 들었습니다. 무슨 심사에서 그런 말이 나왔는지 저로서는 통 알 수가 없었습니다. 혹시 아직 시집 못(안) 간 과년한 딸자식이 있어서 그런 '시집 잘 간 남의 집 딸들' 악담을 하시는가 싶기도 했습니다. 저도 딸자식 키워서 출가시킨 애비인 터라 더 관심이 갔던 것인지도 모르겠습니다. 심지어는 '반어법으로 읽어야 하나?'라는 생각도 들었습니다. 요즘 세상에 '서방 하나 꿰차고 방구석 차지를 할 수 있는 여자'만큼 능력 있는 이가 또 어디 있겠습니까? 말도 안 되는 연상이지만, 그 이야기를 더 넓은 계시 영역으로, 제 잡념에 부응하도록 확장해본다면 "깜냥도 안 되는 것들이 처세에는 밝아서 분수에 안 맞는 벼슬자리 하나씩은 꼭 꿰차고 앉아 있다"라고 이해해도 될 것 같다는 생각도 들었습니다.

그래도 재미가 덜한 것 같아서 제 '수뢰둔(구름이 끼고 천둥은 치지만 비는 아직 안 온다)' 이야기를 한 토막 더 하겠습니다. 대학 4학년 때, 음악다방에서 무료하게 시간을 보내고 있는데 갑자기 제 앞으로 한 '암말같이 걷는 소녀' 한 명이 또박또박 걸어가는 것이었습니다. 구두를 신었는지 운동화를 신었는지는 잘 모르겠으나 잔뜩 다리에 힘을 주고 영락없이 '암말처럼' 걷고 있었습니다. 아마 바로 통행로 앞자리에 앉아 있는 우리 일행을 많이 의식하고 있다는 표시였지 싶습니다. 얼굴은 '민짜'였고(코가 낮아 뚜렷한 윤곽이 없었고) 몸은 허리가 없는 통짜였습니다(그런 단점을 커버하려고 두루뭉술하고 긴 상의를 입었던 것 같습니다). 느낌으로 두어 살 아래인 것으로 보였습니다. 표정이 좋았습니다. 그냥 흘낏 한번 보고 헤어졌는데 집에 오니 '저 여자와 결혼할지도 모르겠다'라는 계시가 왔습니다(지금 『주역』이야기를 하는 중입니다). 제 앞에서 왔다 갔다 하는 게 꼭 제가 '도적만 아니라면' 시집을 오겠다는 강력한 의사 표현 같았습니다. 멀리 가봐야 그 얼굴 그 몸매로 누구 하나 꿰차기가 쉽지 않다는 걸 잘 알았던 모양입니다. 꿈에서까지 자기를 데려가라고 졸라댔습니다. 다음 날 아침에 일어나서 그 내용을 적었습니다. "나는 오늘 결혼할 여자를 만났다"라고 시작했습니다(원고가 창고 깊숙한 곳에 들어가 있어 지금 공개가 불가한 점을 양해해주십시오). 그러고는 한 이 년 잊고 지냈습니다. 대학을 졸업하고 직장 생활을 하면서 여전히 짬짬이 음악다방 출입을 하였는데 옛날의 그 '암말 소녀'가 다시 나타났습니다. 그러더니 불문곡직 저를 꿰찼습니다. 그러고는 지금까지 저를 포로로 삼고 있습니다. 나중에 알고 보니 어릴 때 한 골목에서(골목을 가운데 두고 양쪽에서) 살았던 인연이 있었습니다. 그때 알았습니다. 멀리 있는 것이 아니라 가까이 있는 것들이 더 무서운 것들이라는 걸요. 어쨌든 집사람은 성공해서 중년의 나이에 다시 만난 동창생이 얼굴을 못 알아볼 정도로 기품 있고 우아한 꽃중년 여성으로 탈바꿈했습니다. 저를 말 삼아 저보다는 훨씬 멀리까지 왔다 갔다 합니다. 구름이 끼고 천둥은 치지만 비는 아직 안 온다니까 저도 때가 되면 제게 맞는 말을 얻어 타고 멀리 나갈 기회가 한 번은 오겠죠? 암말이든 수말이든 도적의 말만 아니라면 타고 나갈 생각입니다.

두 번 가르치지 않는다

무지몽매(無知蒙昧)

"이제 다 이루셨네유?"

"왜 그렇게 잘 풀리시쥬?"

"평소 쌓으신 덕이 많으신가봐유?"

근자에 가까운 후배 동료들로부터 들은 이야기들을 거두절미(去頭截尾)하고 옮긴 것들입니다. 모두 저와 제 자식들 이야기입니다. 그중에서도 '이제 다 이루었다'라는 말은 사실 시시때때로 제가 혼자 속으로 되뇌던 말이라 그 말을 듣는 순간 가슴이 뜨끔했습니다. 그 말을 하신 후배님은 다른 직장 동료분들께도 제가 외손(外孫)과 친손(親孫)을 연이어 본 것에 대해서열심히 전파하고 다니신다고 합니다. 제가 퇴직을 해서 직접전하지 못하기 때문이랍니다. 고맙기 그지없습니다. 면전에서그런 축하를 받으면 저는 황망해져 이렇게 대답합니다.

"아직 노벨문학상은 못 받았는데유?"

물론 농담입니다. 달리 답할 말이 생각나지 않아서입니다.

상대방은 "무슨 말씀이세유?"라는 표정으로 저를 쳐다봅니다. 그러면 또 한마디 덧붙입니다.

"금년에 받은 이가 여든세 살이라니 아직 시간은 충분하겠쥬?"

그러면 간혹 "어떤 글을 쓰실 건데요?"라고 묻는 분도 계십니다. 진지하면 반칙인데 그렇게 막나가는 분도 계십니다. 그럴 때는 더 진지해져야 합니다.

"작가는 크게 보면 두 종류 아니겠슈? 이것저것 쓰는 축과 오직 하나만 쓰는 축. 이것저것 건드리는 치들은 노벨문학상 같은 걸 못 받아유."

그러면 보통은 고개를 끄덕이며 물러섭니다. 원래 반칙왕들은 반칙 앞에서 특히 약한 법이니까요. 그런데 문제는 정작 제 스스로가 그 반칙을 용납하지 못한다는 것입니다. 그런 말을 하는 순간 (울컥해서) 속에서 오기 같은 게 막 올라오는 것입니다. 왕후장상의 씨가 따로 있남? 이제 아들딸 다 잘 커서 남의 부러움을 사고 있는 형편이고, 그동안 조마조마했는데 무사히 정년퇴직도 했으니 남은 일이라고는 글 쓸 일밖에 없는데 이참에 하찮은 목숨이나 걸고 그동안 못 쓴 소설이나 콱 써버릴까? 그런 생각이 진지하게, 반칙으로 막 드는 것입니다. 마침 그때 『고양이에 대하여』라는 책이 나왔다는 출판사 책 소개 문구를 봤습니다.

"2007년 노벨문학상 수상작가 도리스 레싱의 산문집 『고양이에 대하여』가 출간되었다. 여성해방, 계층갈등, 인종차별, 환경재앙 등 현대사회의 모순을 파헤쳐온 레싱의 예리함은 그대로이고, 평범해 보이는 고양이들의 일상을 들여다보는 관찰력 또한 여전히 날카롭지만, 『고양이에 대하여』의 결은 더없이 따뜻하다. '사람과 고양이, 우리는 둘 사이에 놓인 벽을 넘으려 애쓰고 있다'라며 나긋하게 말하듯 담담히 써내려간 글에는 이 작은 존재들을 이해하려는 유난스럽지 않은 다정함이 배어 있다."

젊어서 좁은 아파트 실내에서 고양이를 몇 마리 사육했고, 「고양이 키우기」라는 중편을 하나 썼고, 「고양이를 부탁해」라는 영화로 강의도 몇 년 했고, 지금도 고양이를 좋아하는 입장에서 노벨문학상 수상 작가가 쓴 고양이 이야기를 읽지 않을 방도가 없었습니다. 책을 사서 읽으며 출판사 책 소개가 왜 그리 재미없었는지 이해할 수 있었습니다. 노벨상 수상작가도 별것 없네라는 생각도 들었습니다. 작가는 고양이라는 제 한 몸으로 감싸는 상징에 대해서 쓴 것이 아니라 자신이 마주하는 온갖 불화에 대해서 쓰고 있었습니다. 그럴 거면 고양이는 왜 데려왔는지, 그 까닭을 알 수 없었습니다. 어쨌든 늙을수록 점점 책 보는 시야가 좁아집니다. 웬만해선 거룩한 것이 눈에 들어오는 일이 잘 없습니다. 다 고만고만한, 제 젊은 날의 '고양이 키우기' 같습니다. 앞으로 책 읽는 일이 점점 더 재미없어질까 봐 지레 걱정이 됩니다.

　중천건(重天乾), 중지곤(重地坤), 수뢰둔(水雷屯), 『주역』초입 세 괘의 괘사(卦辭)와 각 효의 주(注)를 읽고 나니 어렴풋하게나마 주역주(周易注)를 읽는 방법이 눈에 들어옵니다. 괘사가 전체의 대강을 말하고 주효(主爻)의 해석으로 그것을 정교화하는 특유의 화법을 보여주고 있었습니다. 그렇다고 제가 능수능란하게 그 의미를 재구성할 수 있게 되었다는 말은 결코 아닙니다. 그저 제 수준에서 제멋대로, 느낌으로 읽는 것에 불과합니다. 저는 『주역』을 거울로 생각합니다. 그것도 오래된 청동거울로요. 그 거울은 저의 안을 어렴풋하게 비추어주는 거울입니다. 자세하고 세밀한 것은 보여주지 않습니다. 그 자세한 것들은 모두 제가 채워 넣어야 합니다. 충무공의 『난중일기』를 보면 장군이 한 번씩 괘를 뽑아 점을 쳤다는 내용이 있습니다. 아마 육효를 뽑아보신 듯합니다. 성현들이나 선각들이 주역의 괘를 뽑아서 앞날을 예측하거나 집단의 진로를 의탁했다는 이야기는 들은 적이 있습니다. 저는 그런 계시적 점복 행위에는 관심이 없습니다. 능력도 없고 필요도 느끼지 못합니다. 그저 거울 속의 저와 악수를 해보는 게 제 바람입니다. 그와 관련해서 언젠가 신문 칼럼에 쓴 글 한 편을 소개합니다.

"거울속의나는왼손잽이요내악수를받을줄모르는…… 악수를모르는왼손잽이요"

이상의 시 「거울」의 한 대목입니다. '내 악수를 받을 줄 모르는'이라는 구절이 어린 마음에 뜻 모를 감동을 주었습니다. '거울'이 상징이 된다는 것을 그때 처음 알았습니다. 고1 때였습니다. 국어 부교재 안에서 그 시를 처음 만났습니다. 이상의 명작 수필 「권태」도 거기서 읽었습니다. 그 책 속에는 명문장이 많았습니다. 그중에서 '거울속의나는왼손잽이요'가 유독 오래토록 제 기억 속에서 웅웅거렸습니다. 수십 년 동안 웅웅거리는 이 구절은 제 일상의 무의미한 '왼손잡이들'과 심심찮게 내통합니다. 저는 부분 왼손잡이입니다. 돈을 셀 때, 자전거를 끌고 갈 때, 커피 잔을 들 때, 시험지를 넘길 때, 현관문을 열 때, 누군가를 애무할 때(사람이든 동물이든) 저는 왼손잡이가 됩니다. 요즘 하나 더 늘었습니다. 모자를 쓰고 반가운 이에게 거수경례를 할 때 왼손이 올라갑니다. 그러니까 제 왼손은 '악수를 모르는' 왼손이 아닙니다. 나름대로 세상과 통하는 하나의 출구가 되고 있습니다. 참, 제 식탁에 올라오는 국그릇도 항상 왼쪽에 놓입니다. 제가 그렇게 조정합니다. 아내도 저의 그런 습성을 감안해서 애초에 그렇게 진열하기도 합니다. 이상한 왼손잡이입니다. 꼭 의미를 둘 것도 아닌데 언제부턴가 그런 것들이 제 초인지에 포착되곤 합니다. 뜬금없이 '이것도 모종의 출구 의식인가?'라는 생각이 들 때도 있습니다. 카프카의 이야기를 참조하겠습니다.

제가 출구란 말을 무슨 뜻으로 쓰는지 똑바로 이해받지 못할까 걱정이 됩니다. 저는 이 말을 가장 일상적이고 가장 빈틈없는 의미로 쓰고 있습니다. 저는 일부러 자유라고 말하지 않습니다. 사방을 향해 열려 있는 자유라는 저 위대한 감정을 뜻하는 게 아니거든요. 원숭이였을 때 저는 아마도 그런 감정을 익히 알고 있었을 것이고 그것을 그리워하는 인간들을 알게 되었습니다. 그러나 저로서는, 그때도 오늘날도 자유를 요구하지 않았습니다. 말이 나왔으니 말이지 자유로써 사람들은 인간들 가운데서 너무도 자주 기만당합니다. 그리고 자유가 가장 숭고한 감정의 하나로 헤아려지는 것과 같이, 그에 상응하는 착각 역시 가장 숭고한 감정의 하나입니다. (……) 아닙니다, 자유는 제가 원하지 않았습니다. 다만 하나의 출구를 원했죠. 오른쪽, 왼쪽, 그 어디로든 간에, 출구라는 게 비록 하나의 착각일 뿐이라고 하더라도, 다른 요구는 일체 하지 않았습니다. (……) 오늘날로부터 보건대 저는 최소한 살고자 한다면 출구를 찾아야 한다는 것, 그러나 이 출구는 도망쳐서는 얻어질 수 없다는 것을 예감하기라도 했던 것 같습니다. 도망이 가능했는지 어땠는지는 모르겠습니다만, 믿고 있습니다, 원숭이는 언제나

도망칠 수 있다고요.[4]

카프카는 '출구'라는 말을 인간 해방과 연관된 말로 쓰고 있습니다. 당연한 말이지만 '출구'는 나가는 곳입니다. 노예적 삶에서 벗어나려는 의지를 뜻하지요. 카프카는 원숭이로 도피해서는 안 된다고 강조합니다. 어쩔 수 없이 인간은 매인 존재입니다. 누구든 자기 밥상 위의 국그릇의 위치를 조정하는 것처럼 자기 삶을 마음대로 조정할 수 있는 사람은 없습니다. 오직 신만이 그렇게 할 수 있습니다. 인간은 그 앞에서 경건하게 기도하고 울고 몸부림칠 뿐입니다. 다만 원숭이로의 도피는 금물이라고 카프카는 말합니다.[5]

이를테면 저는 『주역』이라는 거울을 제 출구 찾기의 한 작은 도구로 사용하고 싶은 것입니다. 답답하거나 무료할 때 마음에 드는 한 구절을 읽고 제 일상을 반추해보는 것입니다. 그 방법을 간단히 정리해보면 다음과 같습니다.

육효에 대한 각각의 해석을 읽어나가면서 특별히 심금을 울리는 것이 있으면 그것을 부여잡고 은근하게 음미합니다. '은근하다'라는 말은 '기분에 지지 않고 음미한다'라는 뜻입니다.

4 프란츠 카프카, 「학술원에의 보고」, 전영애 옮김, 『변신, 시골의사』, 민음사, 2009, 143~145쪽.
5 양선규, 「거울 속의 나는 왼손잡이」, 『경북일보』, 2021. 10. 21.

육효의 형상적 연관성이나 그것들이 총체적으로 만들어내는 게슈탈트(전체 형상이 환기하는 직관적 의미나 정서)를 잡아내는 일은 보통 어려운 일이 아니므로 그 일에 집착할 필요는 없습니다. 다만 제 안의 움직임들을 놓치지 않도록 노력합니다. 텍스트에서 자극받아 환기되는 내 안의 움직임들 전체 속에서 하나를 찾고, 그 하나를 다시 전체로 확대해 긍정적인 에너지를 발산하는 어떤 '서사적 통일성'을 찾습니다. 그 서사적 통일성이 거하는 맥락은 물론 스스로 처한 입장이며 물정과 잘 어우러져야 합니다. 그렇지 않은 것들은 모두 버립니다. 논리로 구하지 않고 직관이 할 수 있는 것을 최대한 찾아야 합니다. 만약 통일성을 외면하고 '한 줄'이나 '한 자'가 계속 자기를 주장하면 마지막에 그 '한 줄'과 '한 자'로 돌아갑니다. 그것만 거울에 비춥니다. 하나에 거합니다.

다만 '하나에 거할 때' 반드시 잊어서는 안 되는 것이 있습니다. 그 점을 망각하면 모든 것이 '꽝'입니다. 어떻든 그 '한 줄'이 나의 (허튼 망상이나 욕심으로 『주역』을 펼치는) 욕심과 기대와 희망을 반영한 것이라는 점입니다. 그 까닭에 교훈을 얻고자 하면 반드시 그것을 뒤집어야 합니다. 가령 '수뢰둔'에서 '밀운불우(密雲不雨, 구름이 끼고 천둥은 치지만 비는 아직 안 온다)'만 눈에 들어오면 그것을 "나에게도 언젠가는 기회가 온다"라고 해석하면 안 된다는 것입니다. 그렇게 생각하고 싶은 마음이 강하면 강할수록 "조만간에 큰비가(천둥 치고 번개 친 만큼) 올 터이니 단단히 대비하라"로 읽어야 합니다. 기대와 희망을 버리는 것, 바로 그것이 두 번 말할 필요가 없는『주역』해석의 '요결(要訣)'입니다.

『주역』제4편 산수몽(山水蒙) 몽괘(蒙卦)☶☵는 배움과 가르침의 일반적인 원리에 대해서 설명하고 있습니다.『주역』64괘 중에서 가장 명료한 괘사를 가지고 있습니다.

　몽은 형통하니, 내가 몽매한 어린아이를 구하는 것이 아니라 몽매한 어린아이가 나를 찾는 것이라. 처음 점치거든 알려주고 두 번, 세 번 하면 모독함이니, 모독함에는 알려주지 아니한다.

　蒙亨. 匪我求童蒙 童蒙求我. 初筮告, 以剛中也. 再三瀆, 瀆則不告, 利贞.(『주역왕필주』, 60쪽)

아침에 집사람한테서 한소리를 들었습니다. 방 안에서 꾸물거리고 있는 저에게 "두 번 안 말한다"라고 엄하게 꾸짖었습니다(커피 끓여놓았으니 가져가라고 말한 직후였습니다). 그 자리에서 단박에 저는 "두 번, 세 번 하면 모독함이니, 모독함에는 알려주지 아니한다(再三瀆, 瀆則不告)"를 배웠습니다. 그 한 말씀에 몽매한 이가 되어서 단숨에 계몽되었습니다. 커피를 끓여서 식탁 위에 올려놓고 가져가라고 분부하셨는데『주역』을 읽느라 제가 못 들었나 봅니다. 기다려도 오지 않기에 밖으로 나와서 왜 안 갖다주냐고 툴툴거리며 커피 잔을 들고 들어가는 뒤통수에다 대고 그렇게 따끔하게 일침을 놓았습니다. 몸에 안 좋다고 몇 달째 '다방 커피'를 집에서 안 끓여주더니 요즘 며칠간은 무슨 바람이 불었는지 '순한 암말'처럼 먼저 커피 한잔 안 하겠느냐고 묻곤 했습니다. 감사히 얻어 마시곤 했는데 오늘 아침에 잠시 "몽매한 이를 포용하면 길하고, 지어미를 받아들이면 길하리니, 아들이 집을 다스리리라(包蒙吉 納婦吉 子克家)"(산수몽, 九二)에 심취해서 비몽사몽을 헤매다 그만 '말을 탔다가 내려서 피눈물이 흐르는' 형국(수뢰둔, 上六)이 되고 말았습니다.

산수몽, 괘의 형국이 산 아래 물이 있는 위태위태한 모양이라 하니 한시도 자기를 돌아다보는 일을 게을리 하지 말라는 가르침으로 새깁니다. 상대가 누구든 늘 두려워하고 섬기는 자세로 임하면 내 몸에 화가 미치지 않을 것입니다.

강을 건너면
길하다
은인자중(隱忍自重)

　얼굴 생긴 모습을 두고 '고양잇과(科)'니 '강아지과'니 하는
말들을 쓰는 모양입니다. 젊은 사람들 이야기입니다. 최근에는
'공룡과'도 생겼답니다. 모르겠습니다만 과거의 '여우'와 '곰'
이라는 대표 동물상징 대신 그런 말들이 사용되는 것 같습니
다. 짐작입니다만, 얼굴은 '고양잇과'로 생기고 하는 짓은 '여
우' 비슷하면 인기가 있을 것 같습니다. 옛날에는 주로 여성들
이야기였는데 요즘은 남녀불문인 것 같습니다. 젊어서는 특
히 더 외모에 치중합니다. 그때가 제일 빛날 때거든요. 겉보
다 속이 더 중요하다는 걸 알려면 이런저런 산전수전을 겪어
봐야 합니다. '1. 건강 2. 성품 3. 의리'라는 걸 알려면 시간이
좀 걸립니다.

　그렇다고 외모가 전혀 의미가 없다는 말씀은 아닙니다. 내
용과 틀은 항상 상호텍스트적입니다. 살다 보면 어디서든 내
용을 규정짓는 틀들을 만나게 됩니다. 인간이 대표적인 '틀의

존재'라는 것을 부정할 수 없습니다. "자리가 사람을 만든다"라는 말도 있으니까요. 결국 우리가 말하는 삶의 내용이라는 것도 그 틀이 찍어내는 결과물일 때가 많습니다. 사람에게 주어진 일차적인 틀은 외모와 지능입니다. 뭐니 뭐니 해도 거기서 인간의 우열이 최초로 판가름 납니다. 타고나는 것이니 기타 노력이나 대물림으로 얻는 것들보다 훨씬 강한 카리스마가 있습니다. 막스 베버는 세상의 카리스마 중 가장 센 놈이 물려받은 카리스마라고 했습니다만(왕권 같은 것이 거기에 해당됩니다), 인간의 외모 역시 거의 왕권에 버금가는 카리스마를 지니고 있습니다. 고래로 남녀노소 불문하고 가장 듣고 싶어 하는 말(평가)이 "당신은 예쁘다(멋지다)"입니다. "능력 있다", "돈 많다", "운동 잘한다", "공부 잘한다"와 같은 찬사보다 "당신 섹시하다", "나이 들수록 멋지다", "입는 옷마다 잘 어울린다"와 같은 찬사가 훨씬 윗줄에 속하는 말입니다. 일찍이 그리스 신화에서도 그런 이치를 확인한 바가 있습니다. 경쟁적 관계에 있는 세 여신들 중에서 미(美)를 주겠다는 아프로디테에게 판정관 파리스(Paris)의 사과가 던져진 것이 바로 그것입니다. 권력도 지혜도 명예도 부도 모두 미 앞에서는 무용지물이었습니다.

미를 추구하는 예술에서는 틀이 아주 중요한 요소입니다. 틀 없이는 그 어떤 창조도 이루어지지 않습니다. "예술적 텍스트에서 틀이 지니는 중요성은 우리가 서사물의 '거짓 결말' 들을 생각해보면 분명해진다. 보통 해피엔딩의 영화에서는 두 연인이 헤어졌다가 다시 만났을 때 포옹을 하는 장면에 의해 '거짓 결말'의 효과가 드러난다. 행복한 결말을 나타내는 '행위의 중지'를 그것은 나타낸다. 그렇게 틀의 기능을 획득하는 것이다. 작품을 완결 짓는 틀 중의 대표적인 것이 시간의 완전한 정지다. 보통 이야기들은 성공(적인 귀환), 결혼, 죽음, 번영, 축제 등 더 이상 나올 사건이 없다고 하는 진술과 더불어 끝을 맺는다. 이야기의 마지막 성공(번영)은 '시간의 끝'이다" 라고 보리스 우스펜스키는 『소설 구성의 시학』에서 말하고 있습니다.[6] 이야기 속의 갈등이 마무리되고 행동이 완료되면 이제 '끝을 만드는 틀'이 등장합니다. 포옹이나 성공이나 죽음이 등장합니다. 그렇게 '시간의 정지'가 초래되고, 작품은 자연스럽게 '완결'의 구조를 성취합니다. 그런 '거짓 결말'이 없으면 그 어떤 것도 '예술'로 편입될 수 없다는 게 이론가들의 설명입니다. 다시 우리 이야기로 돌아가겠습니다. 우리의 삶은 결국 자기가 어떤 틀 속에 들어가 사느냐에 따라서 결정됩니다. 밝은 곳, 어두운 곳, 조용한 곳, 시끄러운 곳, 편안한 곳, 불편한 곳, 모여 사는 곳, 뿔뿔이 흩어져 사는 곳, 존엄을 가지고 사는 곳, 비굴하게 사는 곳, 우리가 처하는 그 모든 공간이 우리 인

---

6 보리스 우스펜스키, 『소설 구성의 시학』, 김경수 옮김, 현대소설사, 1992, 250~252쪽.

생의 틀이 됩니다. 그래서 우리 인생은 우리가 어떤 틀을 선택하느냐에 따라서 결정됩니다. 또 하나, 그 틀이 어떤 수준의 그럴듯한 '거짓 결말'을 가지고 있는가도 매우 중요합니다. 그것이 결국 내 인생의 완성도를, 아름다운 결말을 만들어내기 때문입니다.

『주역』 다섯번째 수괘(需卦)☲☵ 는 수천수(水天需)입니다. "수는 믿음이 있으니, 빛나고 형통하며, 곧고 길하니, 큰 내를 건넘이 이로우니라(需有孚 光亨貞吉 利涉大川)"가 괘사입니다. 누구에게나, 예나 제나, 단연코 '큰 내를 건너면 이롭다'는 말은 심금을 울리는 말입니다. 그 '이섭대천(利涉大川)' 한마디 때문에 패가망신하고 인생이 결딴난 사람이 한둘이 아닙니다. 이 대목에서는 제게도 약간의 전장고사(典章故事, 인상적인 경험)가 있습니다. 언젠가 모종의 결단이 요구될 때 사무실 넓은 공간에서(그때는 제가 대학본부 보직을 맡고 있을 때였습니다) 동전을 던져 육효를 본 적이 있었습니다. 그때 나온 괘가 바로 수괘(需卦)였습니다. 오십을 막 넘겼을 때니 아직은 혈기방장할 때였습니다. 악(惡)의 평범성을 두 눈으로 똑똑히 보고 잘못된 세상을 바로잡을 적개심을 막 불태울 때였습니다. 세상은 도를 잃고 어지러운 형국이고 때는 나를 부르니 단기필마(單騎匹馬)라도 뛰쳐나갈 만하다고 여겼습니다. '큰 내를 건너면 이롭다'라는 점괘를 두고 굳이 망설

일 필요가 없었습니다. 큰 내를 건너지 말라는 가족과 주위의 만류를 뿌리치고 혈혈단신 출사표를 던지고 전장으로 뛰어들었습니다. 결과는 참담했습니다. 제가 선거라는 이름으로 치른 전쟁 중에서 가장 전적이 나빴습니다. 그야말로 "꽃이 지는 구나, 못난 놈"(하종오, 「매춘」)이라는 젊을 때 읽은 시 구절이 절로 떠올랐습니다. 제가 『주역』의 괘를 잘못 읽었다는 것을 비로소 알았습니다. 그때 나온 점괘 '이섭대천'이 아예 그 선거판을 떠나서 영영 다른 곳으로 가라는 뜻인 줄을 그때는 몰랐던 것입니다. 정녕 반대로 해석을 했던 것입니다.

　구삼(九三)은 진흙에서 기다림이니 도적이 이르게 되리라. 육사(六四)는 피에서 기다리다가 구멍으로 나가도다. 구오(九五)는 술과 음식에서 기다림이니 곧고 길하니라. 상육(上六)은 구멍에 들어감이라. 기다리지 않은 손님 세 사람이 오리니, 공경하면 마침내 길하리라.
　九三 需于泥 致寇至. 六四 需于血 出自穴. 九五 需于酒食 貞吉. 上六 入于穴 有不速之客三人來 敬之終吉.(『주역왕필주』, 72~74쪽)

그때는 눈에 하나도 들어오지 않았지만 그 후 '도적'도 만나고, '피'에서 기다리기도 했고, 때 아닌 '술과 음식'도 만났습니다. 돈도 잃고 명예도 잃고 몸도 많이 잃었습니다. '기다리지

않은 손님 세 사람'은 구멍에 들어가 은인자중(隱忍自重), 어
려움이 끝나기를 기다린 후에 맞이한 삼 년이라는 생각이 듭
니다. 그 삼 년 동안 저는 '구멍'에서 나오지 않고 심신의 건강
도 회복하고 그동안 소홀했던 글쓰기에도 매진하여 연이어 몇
권의 책을 펼쳐냈습니다. 이 모든 것이 다 '강을 건너면 이로
웠을 것'을 놓치고 강을 건너지 못했던 까닭에 겪어야 했던 어
려움이었고 또 그것을 당하여 은인자중한 결과였습니다. '구
멍'에 들어가 앉아 있을 때의 제 심정과 그 '구멍'에서 벗어날
무렵의 제 심정을 잘 표현해주는 내용이 있어 소개합니다. 제
가 '구멍'에 들어가기 직전에 우연히 번역자의 일원으로 참여
하게 된 책입니다.

무력화시키는 신념 5
—드러나지 않을 때 나는 안전하고 자유롭다.

이는 고통을 주는 '사람'을 피함으로써 '고통'을 피하려는 전략
이다. 어린 시절, 부모의 시야로부터 벗어나 혼자 있을 때 우리는
좀 더 자유롭게 자신을 표현하곤 했다. 방해받지 않고 좀 더 대담하
게 자기 일을 할 수 있었다. 우리는 사라지는 법을 배움으로써 편안
함을 느끼는 작은 세상을 만들 수 있었다. 이러한 은신 전략은 향후
어른이 되었을 때 큰 손실을 초래한다. 아주 불리한 '삶의 태도'가
된다. 사업을 하면서 그런 삶의 태도로 임하는 것을 상상할 수 있

겠는가? 성공은 내가 남에게 어떻게 보이는가에 달려 있다. 책을 쓰거나 커피숍을 운영하거나 물건을 팔 때는 항상 자신이 문제의 당사자가 되어야 한다. 자신을 팔아야 한다는 것이다. 고객에게 당신의 모습을 보여주지 않는다면 차라리 그 자리에 존재하지 않는 것이 낫다. 왜냐하면 고객의 입장에서는 그런 당신은 사실 '없어야 하는 존재'에 불과하기 때문이다. 그런 '불리한 삶의 태도'를 넘어서기 위한 몇 가지 슬로건을 소개한다. 남 앞에 나서는 것은 안전하며 유쾌한 일이다. 이 신념은 다음 항목들에 의해 강화될 수 있다.

—그 자리에 있는 것은 엄청난 즐거움이다.

—있어야 할 곳에 있을 때 성공한다.

—나는 자유롭고 안전하게 나 스스로를 표현한다.

—나의 생각과 감정을 나누는 것은 즐거운 일이다.

—사람들은 나를 볼 때 나의 순수함을 본다.[7]

'구멍'에서 나와서 십여 년 제가 한 행동이 "책을 쓰거나 커피숍을 운영하거나 물건을 팔 때는 항상 자신이 문제의 당사자가 되어야 한다"라는 말을 그대로 실천한 결과가 되었습니다. 처음에는 어색했지만 이내 적응이 되었습니다. 가리고 숨어서는 '무력하게 만드는 세월'을 이겨낼 수가 없었습니다. 지금 이 글을 쓰는 방법과 태도도 "사람들은 나를 볼 때 나의 순수함을

7 로이드 랠런드, 『인생을 바꾸고 싶을 때 읽는 책』, 정종진·양선규 옮김, 황금가지, 2005, 105쪽. 인용자 일부 수정.

본다"에 기반하고 있습니다.

사족 한마디 덧붙이겠습니다. 인생사에선 항상 무모한 도강(渡江)이 문제를 일으킵니다. 큰 내를 건너는 것은 때로 자기 환경을 버리고 남의 환경을 욕심내는 일이 되기도 합니다. 그렇게 남의 것을 훔치는 일은 아주 위험한 일입니다. 최악의 경우 죽음에 이르는 길이기도 합니다. 그동안 강을 건너지 말라고 말리는 손길을 뿌리치고 이 세상을 떠난 이들이 얼마나 많았습니까? 어린 시절 "요단강 건너가 만나리"라는 찬송가 소리를 들으며 저는 자랐습니다. 그때부터 강은 늘 이 세상과 저 세상을 가르는 경계였습니다. 그런데 그런 강의 쓰임에 대해서는 한마디 말도 없이 무턱대고 '이섭대천'이라니! 믿음이 있고, 빛나고 형통하고, 곧고 길한데, '이섭대천'이라니! 강을 건너면 이롭다니, 그게 도대체 무슨 뜻이랍니까? 달리 다른 뜻은 있을 수가 없습니다. 그 좋은 것들을 가지고 그것들의 소용이 닿는 곳으로, 여기와는 다른 곳으로, 새로운 생을 개척하라는 뜻밖에 없는 것입니다. 그렇지 않으면 도적과 피가 기다리는 땅에서 죽거나, 살아도 구멍에 숨어 내내 기다릴 수밖에 없다는 말인 것입니다. 그러니 제가 그때 뽑은 육효가 가르쳐준 '오늘의 운세'는 대략 다음과 같은 것 아니었겠습니까?

"수천수(水天需), 수괘의 상괘(上卦) 감(坎)의 덕이 험(險)이고, 하괘(下卦) 건(乾)의 덕이 건(建)이니 그나마 목숨을 부지하고, 무위의 자리에 처했으니 자리가 마땅하지 않지만 공경하면 마침내 길함을 얻으므로, '비록 자리는 맞지 않으나 크게 잃지는 않는' 운세로다."

그렇습니다. 본디 가진 것이 없었으니 굳이 잃을 것도 없습니다. 곧고 길한 것을 보전하다가 때가 되면 강을 건널 뿐입니다.

아침나절 동안
세 번

중길종흉(中吉終凶)

앞 장에서도 줄곧 말씀드렸습니다만, 끝이 좋으면 다 좋습니다. 좀 살아보니 그 뜻을 실감하겠습니다. 그중에서도 환경과의 일체감이 중요하다는 것을 더욱 실감합니다. 끝이 좋다는 것은 온갖 불화를 극복하고 환경과의 동일성을 마침내 회복했다는 말입니다. 환경으로부터 괴리되고, 세계로부터의 소외를 경험하는 것이 모든 불행감의 출발선입니다. 돌이켜보면 저의 인생도 가난으로 인해 발생한 '주어진 불화'를 청산하고 세계와 화해를 이루려는 발버둥으로 일관했던 것 같습니다. 그나마 저는 지금 제 끝 소감에 많이 만족합니다. 소년고생은 좀 있었으나 대체로 무난한 삶이었습니다. 어떻게 보면 분에 넘치는 복락 속에서 평생을 보낸 것 같습니다. 일신에 큰 병도 없었고, 주변에 큰 아픔을 겪은 사람도 없었습니다. 더군다나, 사제동행(師弟同行), 학교의 제자들과 건강과 친목을 위해 동고동락하는 검우(劍友)들이 삼십여 년이나 함께해오고 있어 마음

든든합니다. 너무 고맙습니다. 직장에서도 고마운 분들을 자주 봅니다. 어제는 타 과의 후배 교수 두 분이 찾아와서 한 분은 밥을, 또 한 분은 커피를 사주셨습니다. 늙으면 지갑은 열고 입은 닫으라고 했는데 다음에는 꼭 제 지갑을 열 작정입니다. 외로운 가운데 그나마 좋은 분들과 함께할 수 있으니 이대로라면 감히 스스로 흉한 끝은 아닐 것이라고 기대해봅니다.

최초의 환경은 고향입니다. 고향, 어머니, 첫사랑과 같은 원초적 단어들은 늘 그리움과 아쉬움의 대상이 됩니다. 그 단어들은 오랜 기간 우리 안에서 발효의 시간을 가진 것들입니다. 고향에 대한 작가 김훈의 다음과 같은 소회도 그런 '발효된 언어' 중의 하나입니다.

"나는 고향에 관한 사람들의 그리움 섞인 이야기나 문학과 유행가 속에 나오는 고향 이야기를 그다지 좋아하지 않는다. 나는 그것들을 경멸한다. '증오한다'라고 쓰려다가 '경멸한다'라고 썼다. 내 고향은 서울 종로구 청운동이다. 그 먼지 나는 거리에서 나는 자랐다. 그리고 나는 내 '고향'에서 길 하나 건너간 곳에 있는 회사에서 밥을 번다. (……) 자라서 글을 읽을 수 있게 되자, 나는 '고향'이란 육친화된 어느 산이나 강물이나 논두렁 밭두렁이 아니라, 사람들의 마음속에 들어 있을 어떤 보편적인 아늑함과 넉넉함의 공간이라고 믿게 되었다."[8]

김훈은 말하자면 서울내기입니다. 서울을 고향으로 둔 사람

---

8 김훈, 『풍경과 상처』, 문학동네, 2009. 109~110쪽.

들은 역설적이게도, 산업화의 부작용 중의 하나인 고향 상실의 최대 피해자입니다. 이제 서울은 다른 곳에 고향을 둔 사람들의 각축장, 혹은 활약장으로, 영원한 객지로 인식됩니다. 고향을 잃은 서울 사람들을 대표해서 김훈은 위에서처럼 '논두렁 밭두렁에 대한 경멸의 심정'을 토로합니다. 굴러온 돌들이 주인 행세를 하는 것에 대한 불편과 불만을 그렇게 표현합니다. 서울만큼은 아니지만 대구에서 평생을 살아가는 제게도 그 비슷한 '느낌'이 있습니다. 제가 느끼는 이곳저곳 장소에 대한 추억을 공유하지 못하는 '뜨내기 대구 사람'들과는 거리감을 느낄 때가 많습니다. 그들에게는 오직 대구가 '뜯어먹기 위한 살점 덩어리' 취급을 받는 것 같아서 기분이 상할 때가 종종 있습니다. 대구가 '몽매의 땅'으로 경멸받는 것도 가슴이 아픕니다. 어쨌든 저도 김훈처럼 대구의 '먼지 나는 거리'에서 자랐고, 자란 곳에서 두어 걸음 떨어진 곳에서 평생 밥을 벌고 있습니다. 그렇지만 그와 다른 것도 있습니다. 김훈은 '육친화된 공간'으로서의 고향을 부정하는 입장이지만 저는 그렇지 않습니다. 그가 '육친화된 산이나 강물이나 논두렁 밭두렁'이 아니라 마음속의 '보편적인 아늑함과 넉넉함의 공간'을 고향이라고 믿는 것과는 다르게 저는 외재(外在)하는 공간으로서의 환경, 실물로 존재하는 친밀하고 익숙한 땅과 하늘, 길과 집들이 고향이라고 믿습니다.

제게는 장소애(場所愛)의 대상이 되는 고향이 여러 개 있습니다. 애착(집착)의 대상으로서의 고향이 복수로 존재합니다. 고향이 그렇게 다중적으로 존재해도 되는지 잘 모르겠지만 현실이 그런 걸 어쩔 수 없습니다. 병이라 해도 하는 수 없습니다. 나이도 들 만큼 들었으니 잘 달래서 같이 살아갈 수밖에 없습니다. 살아온 시간 순으로 그것들을 열거해보자면 ①제주도 구좌읍 김녕리와 서울시 중구 정동 22번지, ②대구시 중구 대신동, 대봉동 일대, ③마산시 중앙동, 상남동 일대 등입니다. ①은 김훈의 표현대로라면 '육친화된 공간'이 아니라, 관념적 무의식적 친애 공간입니다. '정동 22번지'는 아버지가 이남에 내려와서 호적을 만든 곳으로 내 '본적'이 된 곳이고 '김녕리'는 피난지이자 출생지입니다. ②와 ③은 제 기억이 살아서 발효되는 곳들입니다. '대신동'은 소년기, '중앙동, 상남동'은 청소년기 전반, '대봉동'은 그 후반의 고향입니다. '나는 누구인가?"라는 자의식이 처음 생성된 곳은 유년기 고향입니다. '어떻게 살 것인가'를 고민한 곳은 마산과 대구입니다. 그 두 곳은 서로 경쟁합니다. 마산서 살 때는 대구가, 대구서 살 때는 마산이 그리움과 아쉬움의 대상이었습니다. 어쨌든 그곳들은 항상 젖어미나 되는 것처럼 '보편적인 아늑함'으로 저를 감쌉니다. 요즘 들어 고향이 육체에 예속된 것이라는 느낌이 자주 듭니다. 한 몸에 머물면 다른 몸이 질투합니다.

송(訟)은 믿음이 있으나, 막혀서 두려우니, 중간은 길하고, 끝은 흉하니, 대인을 만나봄이 이롭고, 큰 내를 건넘은 이롭지 않느니라.

訟有孚窒惕 中吉終凶 利見大人 不利涉大川.(『주역왕필주』, 76쪽)

천수송(天水訟), 『주역』 여섯번째 송괘(訟卦) ䷅ 는 막힘을 보고 두려워할 줄 알아야 한다는 것을 강조합니다. 무엇이든 완전히 이루려 하다가는 결국 끝에 가서 흉하게 된다고 경고합니다. 몇 년 전에 어떤 자리에서 그 비슷한 대화를 나눈 적이 있었습니다. 오래전부터 불화의 씨앗이 되고 있는 학내의 한 미결 문제를 두고 "이참에 뿌리를 뽑자"라고 좌중의 한 사람이 말했습니다. 그때 제가 말렸습니다. "그냥 미결로 가자. 지금으로선 그 길이 최선이다." 그렇게 말했습니다. 단숨에 뿌리 뽑힐 일이었으면 지금까지 그렇게 미결 상태로 남아 있을 일도 없었습니다. 결국은 또 누군가의 이해가 개입해서 살벌한 '불화의 증폭'이 이루어질 것이 명약관화한 일이었습니다. 큰 다툼이 벌어질 것이 뻔했습니다. 싸움은 피하는 것이 최선입니다. 없던 사람이 들어오고, 없던 룰이 생기다 보면 당연히 어느 한쪽에서 불평불만이 생기게 마련입니다. 새롭게 환경이 조성되면 개중에는 한두 명 손해 보는(본다고 스

스로 여기는) 일이 생길 수 있습니다. 그쪽에서 보면 억울하게
'기울어진 운동장'이 강요되는 형국입니다. 그렇지만 그것들
을 일거에 불도저로 밀어붙이고 새 운동장을 만들겠다고 나서
서는 곤란합니다. 그런 큰 공사를 강행하면 또 누군가 득을 보
고 또 누군가가 손실을 입습니다. 그러면 억울하게 손해를 본
쪽에서 또 들고일어납니다. 부득불 끝이 안 좋게 됩니다. 그런
'공사'가 단체 생활에 치명적인 상처가 될 때가 종종 있습니다.
십 년 전쯤 저도 등 떠밀려서 저도 모르는 사이에 불도저 기사
가 한번 되었다가 큰 봉변을 당한 적이 있었습니다. 하수인인
저야 매 몇 대 맞고 끝났지만 주범으로 몰린 이(공사를 기획한
이)는 아예 장살(杖殺)을 당한 꼴이 되고 말았습니다. 그런 때
는 반드시 대인을 만나보고 지혜를 얻어야 하는데 일부 소인
배들의 충동질에 넘어간 결과였습니다. 끝이 아주 흉했습니다.

상구(上九)는 혹 허리띠를 상으로 하사하더라도, 아침나절 동안
세 번 빼앗기리라.
上九 或錫之鞶帶 終朝三褫之.(『주역왕필주』, 82쪽)

상(賞)으로 받은 것을 아침이 채 가기도 전에 세 번 빼앗기
는 것이 송사(訟事)의 끝이라고 『주역』은 가르치지만 아직 '끝
의 흉'을 겪어보지 못한 사람들은 그 간절한 가르침을 순순히,

속속들이 받아들이지 못하는 것 같습니다. 아직도 우리 주변에는 여기저기 싸워 이겨보겠다는 만용들이 넘쳐납니다. '옳으면서도 지는 것이 용맹이다'를 하루도 거르지 않고 마음속으로 되뇌어야 그들과의 충돌을 피할 수 있습니다. 참고 또 참아야 합니다. 그래야 흉을 면할 수 있습니다. 제가 겪은 바로는 이해의 당사자들보다는 싸움을 부추기는 주변 인물들이 더 문제였습니다. 그런 자들은 오직 이(利)를 취할 일에만 골몰하기 때문에 따로 선악을 구분하지 않습니다. 사실, 선악을 구분하지 않는 것만큼 악한 것이 없습니다. 소인배들의 끝없는 탐욕과 자기만 아는 보신 욕심이 온갖 악을 만들어냅니다. 그들 악한 소인배들은 차도살인(借刀殺人, 남의 칼을 빌려 사람을 죽임)도 서슴지 않습니다. 물론 그들이라고 흉한 끝을 피해 갈 수 있는 것은 아닙니다. 그들 사리사욕에 가득 찬 소인배들이야말로 최후의 피해자입니다. 굳이 사례를 수집할 필요도 없습니다. 모든 것이 다 들어 있는 『주역』에 그렇게 나와 있으니까요. 끝에 가서는 '아침나절에 세 번씩' 받은 상을 모조리 다 빼앗깁니다. 일신이 망하고 주변이 크게 무너집니다. 종내에는 자기들끼리도 분란을 겪고 뿔뿔이 흩어집니다. 멀리 눈길을 돌리지 않더라도 가까이에서도 그런 '천수송(天水訟)'을 종종 볼 수 있습니다. 세상일이 사람 마음대로 되는 것이 아님을 또 알겠습니다. 모르겠습니다. 지금까지 살아오면서 저 역시 그런

'중간은 길하나 끝은 흉한' 일을 도모한 적은 없었는지, 불현듯
두려운 마음이 듭니다.

좌측으로
진을 치니
　　　　　　　　　　　지중유수(地中有水)

　봄비가 내리는 아침입니다. 창문을 활짝 열고 물기 촉촉하게
머금은 대지의 살 내음을 맡습니다. 집 안에서 키우는 초목들
에게도 마음으로 그렇게, 봄날의 대지의 모성을 전합니다. 어
제는 교정의 목련꽃 그늘을 찾았습니다. 일 년에 한 번, 그렇게
목련꽃을 찾습니다. "목련꽃 그늘 아래서 베르테르의 편질 읽
노라, 아아 멀리 떠나와 이름 없는 항구에서 배를 타노라, 빛나
는 꿈의 계절아 눈물 어린 무지개 계절아……" 봄날의 기운이
천지사방에 가득 찰 이때쯤이면 고등학교 시절 두 학년 위였던
가형(家兄)과 함께 부르던 「사월의 노래」(박목월 작시, 김순애
작곡)가 생각납니다. 가형과는 그 시절 딱 일 년 한방에서 동
거하며 동고동락했습니다. 평생 동안 함께 숙식한 날이 그때뿐
이었습니다. 이 노래처럼 매년 정기적으로 찾아오는 노래가 제
겐 또 없습니다. 이 노래처럼 한 해 한 해 날이 갈수록 각별한
소감을 더하는 노래도 또 없습니다. '지금은 멀리 떠나간' 가형

이 좋아했던 노래라 더 그렇습니다. 창졸간에 마주쳐야 했던 우리의 파란만장했던 젊은 날이 이 노래와 함께 떠오릅니다.

　요즘은 늘 새벽 잠자리가 어수선합니다. 오랜만에 운동하는 꿈을 꿨습니다. 호구도 착용 않고 긴 목도를 가지고 처음 보는 상대와 한판을 겨뤘습니다. 상대는 저보다 좀 젊고, 느낌으로는 일본 사람 같았습니다. 도복은 아래위로 흰 도복을 입었는데 제법 기품이 있었습니다. 인사를 하고 칼을 겨루자마자 대담하게 그의 칼을 누르고 쑥 들어가서 연속 공격을 퍼부었습니다. 당황해서 물러나는 그의 머리를 두어 번 치고 손목과 머리를 연속으로 쳐서 상대를 쓰러뜨렸습니다. 그다음부터가 황당했습니다. 그가 갑자기 사라졌습니다. 그와 동시에 그가 죽은 것이 아닌가 하는 걱정이 들면서 부랴부랴 짐을 싸서 그 자리를 떴습니다. 그리고 잠에서 깼습니다.

　생리 현상을 해소하려 들어간 화장실 거울에 비친 제 얼굴에서 파란만장했던 한 생애를 봅니다. "용케 버텨왔구나." 그런 소리가 제 안에서 들려왔습니다. 최근의 제 심사에 반성이 들었습니다. 크다고 생각한 것들을 다 잃고 나서 허전한 심사를 달래기 위해 글쓰기에 몰두했는데 그것들이 한두 권 책으로 묶여 나오니 또 어수선한 생각이 들기 시작합니다. 이름 욕심이 기승을 부립니다. '크고 작은 것의 기준'이 바뀌고 있는 듯한 느낌도 듭니다. 초심을 잃지 말자고 다짐해봅니다. 송찬호 시인의 「흙은 사각형의 기억을 갖고 있다」라는 시가 생각이 납니다. 장지(葬地)에서의 쓸쓸하고 허망한 소회를 어떤 식으로라도, 어떤 가지런한 것으로 쓸어 담으려는 시인의 애잔하면서도 꿋꿋한 심사가 돋보이던 시였습니다. 젊어서 시를 좀 읽던 시절에 좋은 인상을 남겼던 시였습니다. 다시 찾아 읽었습니다. 그때와는 또 다른 소감이 들지도 모른다는 기대도 없지 않았습니다. 시가 긴 편이라 한 연만 옮겨봅니다.

> 흙은 사각형의 기억을 갖고 있다
> 단단한 장미의 외곽을 두드려 깨는 은은한 포성의 향기와
> 냉장고 속 냉동된 각진 고깃덩어리의 식은 욕망과
> 망각을 빨아들이는 사각의 검은 잉크병과
> 책을 지우는 사각의 고무지우개들

지금 보니 좀 앳된 과장이 엿보이기도 합니다만, 여전히 시인의 '삶에 대한 감각적 통찰'이 돋보였습니다. 자연에는 사각형이 없습니다. 사각형은 오직 인간의 욕망을 반영할 뿐입니다. 그 욕망 안에 땅을 가둔 것이 사각형입니다. 당연히, '사각형의 기억'은 인간의 기억이고, 사각형으로 표상되는(원은 하늘을 표상한다고 합니다) 대지는 온갖 인간의 의지와 열망이 미친 말처럼 날뛰는 곳입니다. '사각형'에는 시인의 빛바랜 기

억들이 마치 후손 없는 유골처럼 암장(暗葬)되어 있습니다. 그래서 "흙은 사각형의 기억을 갖고 있다"라는 시인의 진술은 삶과 죽음을 동시에 울리는 이중의 울림을 지닙니다. 우리는 숱한 욕망과 회한을 안고 살아가지만 종국에는 혼자의 몸이 되어 땅으로 돌아갑니다. 그 돌아가는 길, 쓸쓸한 귀로에서 시인은 '사각형에 갇힌' 삶의 흔적들을 봅니다. 제게는 이 부분이 그 '쓸쓸함'에 대한 동병상련을 새로운 감각으로 잘 표현한 것이라고 여겨졌습니다. '삶은 죽음을 내장하고 있다'라는 것과 '사각의 이미지는 이렇게 죽음과 연결될 수 있다'를 잘 보여준 표현이라 생각했습니다. 죽은 자의 삶이 '매장의 절차' 안에서 '각진 것'으로 마감되는 것을 어느 장지에선가 처음 보았을 때 저도 그 비슷한 느낌들을 가졌던 적이 있었습니다. 오늘 다시 보니 예전보다 더 어두운 느낌입니다. 무엇이든, 젊어서 볼 때가 더 좋았던 것 같습니다.

남향으로 앉은 과학관 앞에 목련이 몇 그루 단정하게 서 있습니다. 활짝 핀 목련꽃을 배경으로 다정하게 포즈를 취하고 사진을 찍는 앳된 커플에게 "신입생?"이라고 물었더니 "3학년입니다"라는 대답이 돌아왔습니다. 목련꽃 그늘 아래서 한 컷을 부탁했더니 눕혀서 하나, 세워서 하나, 두 컷을 찍어주었습니다. 스무 살의 청춘들이 보기에는 노(老)교수의 봄나들이가 좀 신기했던 모양입니다. 밝게 빛나는 인생의 빛나는 계절에 서 있는 두 사람의 장도에 행운만이 가득하길 빌었습니다.

오늘 읽는 『주역』은 지수사(地水師), 『주역』 일곱번째 괘 사(師)괘☷☵입니다. 무엇이든 정도(正道)를 따를 것을 권합니다. 물이 땅속으로 스며들 듯, 제 맡은 바 소임을 다하고 포용으로 사람을 대할 것을 강조합니다. 필요한 말씀만 발췌해서 인용해보겠습니다.

사(師)는 바르게 해야 하니, 장인(丈人)이라야 길하고, 허물이 없으리라.

師貞丈人吉无咎.(84쪽)

상전에서 말하기를, 땅 가운데 물이 있음이 사(師)이니, 군자가 이를 본받아 백성을 받아들이고 무리를 기르느라.

象曰 地中有水師 君子以容民畜衆.(85쪽)

육사는 군사가 좌측으로 진을 치니 허물이 없도다

六四師左次无咎.(87쪽)

자리를 얻었으되 응함이 없으니, 응함이 없으면 행할 수는 없으나 자리를 얻으면 처할 만하다. 그러므로 좌측으로 진을 쳐서 허물이 없다. 군사를 쓰는 법은 오른쪽 등을 높게 하므로 왼쪽으로 진을 치는 것이다.(87쪽)

상전에서 말하기를 '좌측으로 진을 치니 허물이 없다'는 것은 평상을 잃지 않음을 말한 것이다. 비록 (적군을) 사로잡을 수는 없어

도 족히 (자신의) 평소 상태를 잃지 않을 만은 하다.(88쪽)(『주역
왕필주』, 84~88쪽)

'사(師)'는 군사(무리)를 부리는 일을 뜻합니다. 백성을 다
스리고 군사를 부리는 일이 바르지 않으면 안 되겠지요. 반드
시 엄하고 씩씩하게 처신해야 합니다(丈人). 왜 하필 왼쪽으로
진을 쳐야 허물이 없다는 것인지에 대해서는 큰 의미를 부여
할 필요가 없을 듯합니다. 진법의 문제로 '오른쪽을 높게 하다'
와 관련된 문제라고 설명이 되어 있습니다. 옛날식 어법에서
는 좌우가 여러 가지 대비적인 위상을 대변하는 것을 볼 수가
있습니다. 좌포청, 우포청도 그렇고 좌수사, 우수사도 그렇습
니다. 좌의정이 우의정보다 높은 품계라는 것도 들어서 알고
있습니다. 아마 현재로서는 속속들이 알 수 없는 그 어떤 코드
와 맥락이 당시에는 있었을 듯합니다. 지금에 와서는 소멸된
것들일 수도 있고요. 그래서 그 모든 것에 앞서서, 지수사(地
水師)에서는 '평상심'이 가장 중요한 키워드인 것 같습니다.
이 괘 해석은 평상심을 잃지 않고 반듯하게 살라는 권면으로
만 새기겠습니다.
  며칠 전 잠깐 평상심을 잃고 측근 인사에게 지적질을 한 것
이 후회가 됩니다. 공연히 엄하고 씩씩한 척을 하면서 "자신
을 몰라야 하는데 알면서도(안다고 자처하면서도) 고치지 못

하면 그게 병이다"라는 말을 건넸습니다. 살다 보면 집착을 할 일에 집착을 해야 하고 공감을 할 때 공감을 해야 하는데 그게 잘 안 된다는 자기반성의 고백을 듣고서 그런 지적질을 하고 만 것입니다. "그런 마음으로(오른쪽 등을 높게 하고 좌측으로 진을 치면서) 살다 보면 결국에는 복을 받을 것이다"라고 덕담으로 마감할 수도 있었던 일이었는데 그만 가볍게 입을 놀리고 말았습니다. 그러면서 주제넘게도 제 어릴 때 경험까지 들먹였습니다. 어려서 너무 세파에 시달리면서 한때 공감 능력을 완전히 상실했던 시기가 있었다고 말했습니다. 어느 날 그걸 깨닫고 대오각성해서 지금에 이르렀다는 투로 자랑질까지 했습니다. 자기가 무슨 '사(師)를 행하는 사람'이나 된 듯이 오만을 떨었던 것입니다. 오늘 아침에 그 일을 떠올리니 얼굴이 뜨겁습니다.

지수사, "땅 가운데 물이 있으니 군자는 그것처럼 백성을 길러 비축한다"라는 말이 심금을 울립니다. 그 괘가 구구절절이 저를 가르칩니다. 『주역』을 읽은 지 오래되었건만 아직도 '좌측에 진을 치지' 못하는 제 신세가 가엽습니다. 『주역』 말씀을 고작해야 "교통사고에서 같은 과실이라면 오른쪽 진행 차량에 조금 더 사정을 두고 사정(査定)을 한다" 정도로만 이해했던 것을 반성합니다. 알면서도 고치지 못하면 그게 병이라는 것도 결국 저 자신을 두고 한 말이었습니다.

품으로 뛰어드는
짐승은 _____
삼구지도(三驅之道)

제 직장 정문 앞에 '세렌디피티(serendipity)'라는 상호를 가
진 커피집이 있었습니다. 신축 건물의 일층에 있던 가게였습니
다. 한두 번 들렀던 기억이 있습니다. 어느 날 보니 다른 간판
으로 바뀌어 있었습니다. 간판만 바뀐 게 아니라 업종 자체가
바뀐 듯했습니다. 음료만 팔던 커피집에서 경양식도 파는 식당
으로 바뀐 것입니다. 서운한 느낌이 들었습니다. 그 가게가 문
을 닫은 것이 제게 서운했던 이유는 세렌디피티라는 상호가 주
던 각별한 느낌 때문이었습니다. '뜻밖의 발견(을 하는 능력),
의도하지 않은 발견, 운 좋게 발견한 것'을 뜻하는 세렌디피티
라는 말을 저는 그때까지 몰랐습니다. 커피집 간판으로 등장
했을 때 비로소 알았습니다. 그저 그냥 지나치다가 하루는 문
득 그 뜻이 궁금해져서 찾아봤습니다. 아니나 다를까, 여기저
기서(특히 교육학 쪽에서) 그 말을 유용하고 편리하게 사용하
고 있었습니다. 살면서 늘 느끼던 것이었는데 그렇게 '교육학

이론'에서 만나니 좀 이상한 느낌이 들었습니다. 세렌디피티라는 단어 자체가 '새로운 발견' 취급을 당하고 있는 듯했습니다.

세렌디피티가 저와 친숙해지기까지는 시간이 좀 걸렸습니다. 처음에는 그 말을 볼 때마다 세렝게티라는 아프리카의 한 초원이 생각나는 거였습니다. 거대한 삶의 터전이며 치열한 생존 경쟁이 이루어지는 사냥터이기도 한 그곳이 자유연상으로 자꾸 떠올랐습니다. "세렝게티는 탄자니아 서부에서 케냐 남서부에 걸쳐 있는 삼만 제곱킬로미터가 넘는 땅으로, 삼십여 종의 초식동물과 오백 종이 넘는 조류들이 함께 살아가는 곳이다"가 먼저 떠올랐던 것입니다. 그리고 나중에는 제임스 조이스의 『더블린 사람들(*Dubliners*)』이 생각나는 거였습니다. 그러고는 제가 살고 있는 도시가 조이스가 실감 나게 그려낸 더블린이라는 도시와 매우 흡사하다는 생각도 들었고, 이어서 그가 강조한 에피파니(Epiphany)라는 말이 또 떠올랐습니다. 아마 '발견'이라는 연결고리 때문이었지 싶습니다. 에피파니는 원래 그리스어로 '귀한 것이 나타났다'라는 뜻으로 한순간 대상의 전체를 깨닫게 된다는 뜻이랍니다. 한자로는 현현(顯現)이라고 쓰기도 합니다. 에피파니든 세렌디피티든 모두 '신기한 발견'이긴 마찬가지였습니다. 어쨌든 그 커피집의 간판은 마지막 순간까지 제게 이런저런 복잡한 연상을 제공했습니다. 지금 생각해보니 무언가 그 앞에 서면 저를 불편하게 하는 것이 있었습니다. 세렝게티, 사냥터, 더블리너, 에피파니, 세렌디피티…… 그렇게 한 외국어를 두고 꼬리에 꼬리를 문 자유연상이 저를 휩싸고 돌았던 데에는 모종의 이유가 있었던 것입니다. 아마 그 당시 제가 극심하게 겪고 있던 '세계와의 불화'가 원인이었을지도 모르겠습니다. 세간적인 이해 다툼에 빠져 전혀 글을 쓰지 못할 때였으니까요. 조금 제정신이 돌아왔을 때 하루는 재미 삼아 그것들의 서열을 한번 매겨보았습니다. 연상되는 단어들 중에서 세렌디피티가 가장 서열이 낮았습니다. 때때로 그 단어는 기억에서 낙오되기도 했습니다. 교육학적으로 설명하자면 단기 기억 상태에서 가장 늦게 장기 기억 창고로 이동한 단어였습니다. 아마, 늘 일상에서 체득하고 반추하는 것이어서 새로운 이름으로 기억하는 것이 자연스럽지 못했던 모양입니다. "인생이 어차피 우연(한 발견)인데 왜 다른 이름이 필요해?"라고 무의식적으로 생각했었을 수도 있었습니다. 굳이 무의식까지 들어가지 않더라도 모든 발견이 이미 우연인데 왜 그렇게 따로 단어를 만들어 특별히 강조해야 하는지 납득이 잘 되지 않았던 것입니다.

세렌디피티(serendipity)와 세렝게티(Serengeti)를 나란히 적어놓고 보니 저의 『주역』 읽기가 왠지 그 둘 사이를 오락가락하는 것이 아닌가 하는 생각이 듭니다. 제게는 『주역』이 세렌디피티로 다가왔습니다. 우연한 발견이 이루어지는 장소였습니다. 또 한편으로는 약육강식의 정글의 법칙을 때에 맞게 설명해주는 교범이기도 했습니다. 이미 그 정글을 떠나 있는 몸인데 그런『주역』의 논리(모든 것은 필연이고 모든 것은 변화 안에 있다)가 마냥 재미가 있었습니다. 세렝게티의 약육강식을 인간의 윤리로 어떻게 단죄할 수 있겠습니까? 인간의 눈을 벗어날 때 세렝게티는 자연의 위대함을 더 각별하게 보여줍니다. 세렌디피티도 마찬가지입니다. 모든 생명은 저마다의 필연 속에서 살아갑니다. 모든 것이 필연입니다. 이 세상에 우연하게 찾아오는 행운이나 불운은 없습니다. 그런 저마다의 필연적인 것들이 모여서 만드는 것이 지구상에서 생명을 타고난 것들 사이의 '부득이한 관계'입니다. 자기 종교나 자기 인생철학만 앞세워 남의 그것을 폄하하는 것은 그래서 비생명적, 비윤리적입니다. 그런 생명의 관계를 (공연한 논리로 포장해서) 세렌디피티라는 이름으로 자기 입장에서 판단하는 것 역시 비생명적, 비윤리적입니다. 그것은 지구상에 존재하는 모든 생명에 대한 예의가 아닙니다.

구오는 친함을 드러내니 왕이 세 군데로 몰며 사냥함에 앞으로 향하는 짐승을 놓아주며, 읍 사람이 경계하지 않으니 길하다.

九五顯比 王用三驅 失前禽 邑人不誡 吉.(『주역왕필주』, 95쪽)

수지비(水地比), 비(比)괘 ☷☵ 는『주역』여덟번째 괘입니다. 음효가 다섯 개 양효가 하나인 형상입니다. 다섯번째 양효(九五)가 의미의 핵심이라고 설명이 되어 있습니다(효는 아래로부터 헤아림. 음은 六, 양은 九로 표현). 앞 장의 '지수사'가 물을 품은 땅이라면, 이 장의 '수지비'는 땅 위에 고인 물입니다. 땅 위에 고인 물은 그것을 어떻게 쓰느냐에 따라 길도 되고 흉도 됩니다. 그 방법을 사냥에 비유하여 설하고 있는 것이 위의 인용 대목입니다. 구오(九五)효의 의미에 대해서 상술하고 있는 부분을 옮겨보겠습니다.

비괘의 주(主)로 이(二)효에 응하고 있어 친함을 드러내놓는다. 드러내놓고 친하면 친해질 자가 제한되지만, 무릇 외물에 사사로움을 가지지 않고 오직 어진 이만을 함께한다면, 가거나 오거나 모두 놓치지 않는다. 저 세 군데로 모는 삼구(三驅)의 예는 짐승이 거꾸로 자신을 향하여 오면 놓아주고 자기를 등지고 도망치면 쏘아 잡으니 오는 것을 사랑하고 가버리는 것을 미워하기 때문이다. 그러므로 그렇게 사냥할 때 항상 마주 오는 짐승을 놓아주는 것은 친함을 드러내놓고 왕위에 거하여 삼구(三驅)의 도를 쓰기 때문이다. 그러므로 '왕용삼구실전금(王用三驅失前禽)'이라 하였다. 중정을 쓰므로 정벌에 상도(常道)가 있어 읍을 토벌하지 않고 움직임에 반드시 반란을 토벌하여 읍인(邑人)이 걱정이 없으므로 경계하

69

지 않는 것이다. 비록 대인의 길함은 얻지 못하였으나 친함을 드러내서 길함을 얻었으니, 이는 위에서 사람을 부리는 방식(上之使)은 되나 왕의 도(上之道)는 아니다.(『주역왕필주』, 95쪽)

사방을 막지 않고 한 군데는 터놓고 짐승을 몬다는 것이 '삼구의 예'라는 거였군요. 사냥터 자체가 '왕도(王道)'를 드러내는 좋은 공간이 아니었으므로 궁여지책으로 '삼구'를 끌어들인 것 같습니다. 그래서 '사(使)'는 될지언정 '도(道)'는 아니라고 말했군요. 사람을 사귀다보면 만사에 '사(使)'만 내세우는 사람들을 종종 봅니다(저도 그런 부류가 아닌지 저어됩니다). '사(使)'의 인간관계는 명확하게 한계가 있습니다. 어느 선 안으로는 들어오지 않습니다. 어느 정도 경계심을 풀고 대할지언정 완전히 흉금을 터놓고 지내는 내 사람이 되지는 않습니다. 자기는 굳이 '친함'을 드러내고자 하는데 상대방들은 종내 품 안으로 뛰어들지 않습니다. 밖으로 달아나기만 합니다. '삼구의 예'가 통하지 않습니다. 오직 힘을 가지고 있을 때만 사냥터의 주인으로 인정받습니다. '도(道)'를 마다하고 '사(使)'만 앞세우며 사냥터의 주인 행세를 하다가는 결국 자신도 '삼구의 예'로 내몰림을 당하는 운명에 직면합니다. 그때는 미련 없이 사냥터를 떠나는 것이 해결책입니다. 『주역』 읽기가 또 '날카로운 모서리'를 드러내며 제게 가르침을 베풉니다. 제가 극심하게 겪은 바가 있던 '세계와의 불화'도 결국은 제게 '도(道)'가 없었던 탓이었습니다. 생긴 것부터 그랬던 것 같습니다. 학창 시절 동문수학한 한 선배에게(그는 나중에 소설가도 되고, 유명한 영화감독도 되었습니다) 들었던 말이 생각납니다. "생긴 것부터 경계심을 불러일으키는 얼굴이잖아?" 그 선배는 자기에게 끝까지 형(兄)이라고 부르지 않는 저를 두고 다른 후배들 앞에서 그렇게 말했습니다. 그때 저는 속으로만 이렇게 대꾸했습니다. "이 선배야, 당신도 만만찮거든!"이라고요. 어쨌든 여태 살면서 길 가다 "도를 아십니까?"라는 질문도 한 번 받아본 적이 없는 것도 아마 그 '경계심을 불러일으키는 얼굴' 때문이 아닌가 싶습니다.

호랑이 꼬리를
밟더라도

유능제강(柔能制剛)

요즘 TV드라마를 보다 보면 자주 듣는 대사가 있습니다. "아무도 믿지 말아요"라는 말입니다. 구체적인 이름을 한두 명 거론하면서 그 누구도 믿지 말라고도 하고(「블라인드」) '돈하고 총 빼고는'이라는 극적인 단서를 달기도 합니다(「작은 아씨들」). 같은 방송국에서 연이어 방송하는 두 드라마에 나온 대사입니다. 요점은 나를 빼고는(나를 지킬 수 있는 것을 제외하고는) 아무것도 믿지 말라는 것입니다. 너무 흔하게 듣는 말이어서 이제는 아예 클리셰(cliché, 판에 박힌 진부한 표현)가 되고 말았습니다. 한때는 추리극의 극적 전개에 신선한 자극을 주던 대사였는데 언제부터 그런 푸대접을 받게 되었는지 모르겠습니다. 누가 빌런(villain, 소설이나 영화 등에 등장하는 악당 역할)인지 오리무중의 상황 속에서 극의 주인공이 믿고 의지하는 가까운 사람 입에서 그런 말이 튀어나올 때 독자(관객)들은 짜릿한 쾌를 얻습니다. 그런 대사가 등장하는 드라마들이

가지고 있는 공통된 특징은 '현재(가까운 미래 포함)의 시련과 고통과 미래의 보장된 행복'입니다. 스릴러나 서스펜스 같은 추리극은 기본적으로 멜로드라마의 속성을 지닙니다. 주인공에게는 든든하게 보장된 미래가 있습니다. 독자(관객)는 그 약속어음을 현찰로 교환할 때까지 최대한 마음 졸이며 극의 전개를 즐겨야 합니다. 그런 상황에서 "아무도 믿지 말아요"라는 말은 참 상큼한 양념이 아닐 수 없습니다.

2022년도 노벨문학상 수상자로 프랑스 작가 아니 에르노 (Annie Ernaux)가 결정되었다고 합니다. 우리에게는 『단순한 열정』이라는 경장편 소설로 많이 알려진 작가입니다. "문학을 오래 들여다본 독자라면 소설 『단순한 열정』을 모를 리 없다. 프랑스 소설가 아니 에르노(82)가 1991년 발표했던 이 소설은 성(性)과 사랑, 정확히는 지독한 불륜을 말하는 고전으로 자리 잡았고, 시간이 흘러 아니 에르노를 유력한 노벨상 후보로까지 올려두었다"(『매일경제』, 김유태 기자)라는 평을 받았었는데 결국 노벨문학상을 받았습니다. 프랑스 여성작가로는 처음입니다. 저는 무엇보다도, 이 작가가 평소 강조했다는, 자신의 창작 신조에 대한 말이 참 마음에 듭니다. "내가 경험하지 않은 허구는 쓰지 않는다"라는 말입니다. 그는 평생 자기 이야기만 썼습니다. 그리고 그것으로 노벨문학상을 수상했습니다. 웬만한 독기 없이는 해낼 수 없는 일입니다. 그야말로 '아무도 믿지 말아요'가 없으면 안 되는 일입니다.

미셸 푸코 같은 이는 역사나 소설이나 오십보백보라고 했습니다. 어차피 자기 하고 싶은 말을 할 뿐이라는 거지요. 소설은 객관적인 팩트를 가장한 허구입니다만, 따지고 보면 역사도 가장된 스토리텔링의 혐의를 완전히 벗어날 수가 없습니다. 사관(史官)이나 사관(史觀)의 선택이 사실을 재구성하기 때문입니다. 앞뒤 순서만 바꾸면 모든 것이 달라지는 게 역사입니다. 그런 관점에서 본다면 역사는 일차적 왜곡이고 역사소설은 이차적 왜곡이라 할 수 있겠습니다. 예부터 소설이 민중의 바람을 담은 의사(擬似) 역사의 기능을 담당해온 것도 그런 이치 때문이었을 겁니다. 나관중의 소설 『삼국지연의』가 진수가 쓴 정사(正史) 『삼국지』를 압도하는 것만 보아도 금방 알 수 있는 일입니다.

아니 에르노의 '아무도 믿지 말아요'라는 창작 신조는 그래서 또 우리의 심금을 울립니다. "갈겨쓴 외설의 낙서와 아무도 보지 않으리라 확신하며 쓴 일기 사이에 자리한 에르노의 문학"이 인간의 경험과 내면에 대한 왜곡 없는 철두철미한 이실직고가 되고 있음을 세계가 인정한 것입니다. 진심으로 축하하는 마음입니다.

『주역왕필주』에서 각 괘의 경문(經文) 다음으로 등장하는 것이 단전(彖傳)의 내용입니다. 단전은 괘의 전체적인 의미를 밝히는 부분입니다. 괘의 형상과 명칭, 그리고 총체적으로 괘가 지닌 복술(卜術)적 의의에 관하여 말합니다. 『주역』 경문을 따라 해설하고 있기 때문에 경문과 마찬가지로 상하편으로 나뉘는데(여섯 개의 효를 세 개씩 묶어서 설명), 『주역』 64괘의 괘상(卦象)과 괘명(卦名) 그리고 괘사(卦辭)를 해설하고 있으며, 효사(爻辭)에 대해서는 언급하지 않고 있습니다. 처음 『주역』을 접하시는 분들을 위해서 참고로 말씀드리는 것입니다.[9]

『주역』 열번째 괘는 천택이(天澤履), 이(履)괘䷉입니다. 괘사는 "이(履)는 유(柔)가 강(剛)을 밟음이니, 기쁨으로 굳셈에 응하는지라, 이로써 호랑이 꼬리를 밟아도 물지 않으니, 형통하리라"입니다. 육삼(六三)만이 음효이고 나머지는 다 양효인 괘입니다. 혹시 몰라 다시 설명을 드리면, 육효 중에서 밑에서 세번째 것만 음효(--)라는 뜻입니다. 음효 앞에는 육(六)을 붙이고 양효 앞에는 구(九)를 붙입니다. 다만 상구(上九)라고 하면 가장 위에 있는 양의 효가 됩니다. 초육(初六)이라면 제일 먼저 나오는, 가장 아래에 있는 음효라는 뜻입니다.

천택이(天澤履), 이(履)괘에서는 '호랑이 꼬리' 하나만 보기로 합니다. 다른 것은 안 보이고 그것만 눈에 들어옵니다. 유

9 『주역』의 8괘는 복희씨가, 64괘의 경문은 문왕이, 384효사는 주공이, 단전과 상전은 공자가 지은 것으로 알려져 있지만 정확한 것은 아니다. 사마천도 『사기』에서 "其囚羑里, 蓋益易之八卦爲六十四卦(문왕이 유리에 갇혔을 때 팔괘를 중첩해서 육십사괘를 만든 것 같다)"라고만 적고 있다. 후대의 역사적 사실들이 효사에도 가미되어 있는 것으로 보아 공자 이전 이후의 이름 없는 성현들의 공동 저작이 아닌가 하는 견해도 있다.

(柔)니 강(剛)이니, 상선약수(上善若水)니 하는 말들은 큰 울림이 없습니다. 겉보기에 약한 것이 강한 것들을 다스리고 이긴다는 것은 실생활에서 얼마든지 확인되는 것입니다. 그래서 『주역』에서는 큰 대접을 받기 어렵습니다. 『주역』 안에서는 그런 이치가 변수라기보다는 상수라 할 것입니다. 원래 유한 놈이 센 놈입니다. 그렇게 타고났습니다. 그런 놈들이 오래 참고, 오래 두고 보고, 오래 기다리고, 오래 능글맞게 버팁니다. 그래서 이깁니다. 그래서 살아남고요. 제 성질을 못 이겨 초장에 날뛰다 일을 그르치는 것들은 본래부터 센 놈이 아닙니다. 그런 자들이야말로 천생 약골입니다. 한번 그렇게 타고나면 영영 고칠 수 없습니다. 평생 약자로 살다 갑니다. 대나무로 태어나면 대나무로 살다 가는 것이고 갈대로 태어나면 갈대로 살다 가는 것이 생명의 이치입니다. 그걸 마치 선택의 문제인 것처럼 오도하는 것은 생명에 대한 불경입니다. 운명적 존재, 우주적 약자인 인간에 대한 또 하나의 고문일 뿐입니다. 절대 속으면 안 됩니다.

'호랑이 꼬리를 밟더라도 물려 죽지 않는' 것은 모든 직장인들, 피교육생들, 피심사자들의 로망입니다. 헛된 꿈입니다. 약간의 실수가 있더라도 그냥 넘어가주는 상사나 교육자나 심사자들을 만날 수만 있다면 얼마나 큰 행운이겠습니까? 그저 화기애애한 분위기 속에서 '기쁨으로 굳셈에 응할 수' 있을 것입니다. 중년에 막 접어들 무렵, 지역 은행에 근무하는 고등학교 동기생 친구들 몇 명과 점심 식사를 같이할 기회가 있었습니다. 차장에서 지점장으로 나갈 무렵이었던 것 같습니다. 그때의 화제가 바로 '호랑이 꼬리를 밟더라도'였습니다. 친구들은 그것을 '일단 안에 들어가면'이라고 표현했습니다. 인사권자의 마음 안에 들어가기만 하면 약간의 실수나 실적 부진은 별문제가 안 되지만, 그렇지 못한 경우에는 힘이 아주 많이 든다는 거였습니다. 실수가 실력의 일부로 취급되면 그것만큼 고달픈 일도 없다는 것이었습니다. 친구들은 그런 불운을 자력으로는 피해 갈 수 없다고 여기는 것 같았습니다. 아무리 잘해도 한번 눈 밖에 나면 만회하기 어렵다는 것이었습니다. 그런 '밖에서 떠도는 삶'을 살다 보면 매사 앞에 놓인 '호랑이 꼬리'를 피해 다녀야 한다는 것이었습니다. 몇 년 뒤 그 친구들은 모두 직장을 잃고 어려운 형편에 놓이게 되었습니다. '호랑이 꼬리'를 밟고 죽는 운명에 처하고 말았습니다. 나라 경제가 엉망이 되는 바람에 은행 통폐합이 불시에 이루어졌던 것입니다. 눈에 안 보이는 '호랑이 꼬리'를 어떻게 피할 도리가 없었습니다.

저는 행운인지 불운인지 본격적인 직장 생활을 시작할 때부터 '호랑이 꼬리'를 전혀 의식하지 않고 살아왔습니다. 제가 밟은 호랑이 꼬리들이 부지기수였습니다. 그래도 한 번도 물리지 않았습니다. 그때는 그 연유를 잘 몰랐습니다. 속으로는 '내가 좀 잘났나?'라는 생각도 조금은 했지 싶습니다. 물론 못난 생각입니다. 지금 생각해보니 몇 가지 이유가 떠오릅니다. 하나는 '진짜 호랑이'가 없는 직장만 돌아다녔습니다. 항상 만만하고 느슨한 직장만 전전했습니다. 이를테면 박사과정에 다니면서 일선 입시학원에 출강을 하는 식이었습니다. 누구도 학벌좋은(자격만 갖추면 언제든지 대학으로 진출할 수도 있는) 일타강사를 건드리지 않았습니다. 다른 하나는, 남의 일에는 가급적 참견을 하지 않았습니다. 밖에서 사람도 자주 만나지 않았습니다. 직장 안에서 꼭 해야 할 일과 글쓰기에만 골몰했습니다. 그러다가 어느 순간부터 다른 이들이 저를 호랑이로 인식하고 있다는 느낌이 들기 시작했습니다. 또 운동(검도)하는 일을 소홀히 하지 않았습니다. 그렇게 일종의 '양다리 걸치기', 혹은 '나 혼자 산다'를 거의 체질적으로, 평생을 두고, 인생 목표처럼 여기며 살아온 것도 주효했던 것 같습니다. 이른바 인정투쟁을 한 곳에서만 벌이지 않고 여러 군데로 분산시키고 못말릴 정도로 산만하게 살면 호랑이들이 자기 꼬리를 밟아도 대개는 눈을 감아주는 게 상례입니다.

어제는 검도 제자 세 사람이 각각 검도 초단, 2단, 3단 심사를 봤습니다. 두 사람은 지난번 심사 때 한 번 낙방의 고배를 마신 처지라 절치부심, 열심히 심사 준비를 했습니다. 저는 다른 급한 일이 있어서 심사장에 가보지 못했습니다만, 보고 온 사람들의 전언으로는 모두 다 실수 없이 무난히 심사를 치렀다고 했습니다. 한 사람은 심사 후 소감을 이렇게 말했습니다. "이번에 안 되어도 다음에는 꼭 합격할 수 있겠다는 생각이 들었습니다"라고요. 그런 생각이 들었다니 고마웠습니다. 자신이 어디까지 와 있다는 걸 아는 것이 배우는 자에게는 가장 중요한 일 아니겠습니까? 그런 말은 젊은 시절 고시 공부하던 친구들에게서 많이 듣던 것입니다. 친한 친구들 중 그런 말을 한 친구들은 반드시 일이 년 뒤에 합격했습니다. 자기를 아는 자만이 미래를 압니다. 그래서 그 제자도 이번에 합격하지 못한다면 다음에는 반드시 합격할 것이라 믿습니다. 자기가 어디까지 하고 있고, 앞으로 어디까지 할 수 있겠다는 것을 알면 어디서든 호랑이 꼬리 같은 것은 두려워하지 않아도 됩니다. 주변의 인정을 받아 실수와 실력이 별개의 것으로 간주됩니다. 그 단계에서 한 번만 더 앞으로 나가면 호랑이들이 서로 제 꼬리를 밟고 가라고 다투어 꼬리를 내놓는 일도 빈번히 일어납니다. 호랑이들도 알고 보면 다 마음 약한 인간들이니까요.

장소애(topophilia)의 추억

밀운불우(密雲不雨)

얼마 전에 반가운 단어를 하나 만났습니다. '장소애'라는 말입니다. 아주 오래전에 한 문학비평서에서 그 말을 보고는 여러 가지 생각에 잠겼던 일이 있었습니다. 군복무 시절 서울로 잠시 솔가해서 살 때의 일입니다. 같은 부서에서 근무하던 부산 출신 동기 교관이 저의 장소애를 지적했습니다. 대구 애들은 많이 그렇더라라는 거였습니다. 저의 장소애를 더 큰 범주 안으로 가져가서 평가하는 게 신기했습니다. 본인 대학 시절에도 저와 똑같은 장소애 환자 친구를 본 적이 있다는 것입니다. 왜 그렇게 대구 출신들은 대구를 못 잊어 하는지 모르겠다고 그 친구는 고개를 갸웃거렸습니다. 그래서 제가 "부산 출신들은 안 그런가?" 그랬더니 "안 그렇다"라는 대답이 돌아왔습니다. 늙어서는 어떻게 될지 모르겠으나 현재는 서울 생활에 불편함이 전혀 없다고도 덧붙였습니다. 그 친구는 장소애를 일종의 미숙성이나 도착(倒錯)으로 보는 듯했습니다. 그

때는 무심코 듣고 넘겼는데 나중에 생각해보니 그 친구 생각이 맞는 것 같았습니다. 제가 생각해도 저의 장소애는 아무래도 좀 병적인 데가 있는 것 같습니다. 어려서 겪은 몇 번의 이산(離散) 체험이 그런 병적인 외상후장애를 만들지 않았나 하는 의심도 듭니다.

제 장소애가 유별나긴 하지만 그 친구 말대로 '대구 출신'들에게만 그런 증상이 나타나는 것이 아님은 확실합니다. 제 어릴 때 경험을 되새겨보면 이북에서 피난 내려온 실향민들은 다 그런 장소애를 표나게 드러냈습니다. "우리 게(살던 곳)에서는 이렇지가 않았더랬어야, 이건 아니야"라는 말을 많이 들으며 자랐습니다. 특히 먹는 것들에 대해서 불만이 많았습니다. 서북인(평안도, 황해도민)들의 생활 특징 중의 하나가 먹는 것에 대한 특별한 관심이 아닌가 저는 생각합니다. 먹는 것에 대한 정성이 이남 사람들과는 차이가 많이 났습니다. 피난민들만큼은 아니지만, 장소애의 대상이 되는 특별한 고향으로 남해안 일대의 도시들이 있습니다. 마산이나 통영, 남해나 목포 같은 곳들이 유명합니다.

내 고향 남쪽 바다 그 파란 물 눈에 보이네
꿈엔들 잊으리오 그 잔잔한 고향 바다
지금도 그 물새들 날으리 가고파라 가고파

어릴 제 같이 놀던 그 동무들 그리워라

어디 간들 잊으리오 그 뛰놀던 고향 동무

오늘은 다 무얼 하는고 보고파라 보고파(「가고파」, 이은상 작
시, 김동진 작곡)

한국 가곡의 백미 「가고파」와 「동무생각」의 고향은 마산입
니다. 통영 또한 마산 못지않은 예향입니다. 박경리, 유치환,
김춘수, 윤이상, 전혁림 같은 기라성 같은 예술가들의 고향이
지요. 젊어서 청주에 있는 한 대학에 근무할 때였습니다. 비슷
한 연배의 선임자 한 분이 저보다 훨씬 강한 장소애를 보여주
었습니다. 고향이 통영(당시는 충무라 불렀습니다)인 분인데
말끝마다 "토~영에서는……"을 마치 후렴구처럼 붙이는 거
였습니다(통영 근처 분들은 통영을 부르는 자기들만의 독특한
어조와 억양을 가지고 있습니다). 통영만큼 살기 좋은 땅은 지
상 그 어느 곳에서도 찾아볼 수 없다는 확신에 차 있었습니다.
물산이면 물산, 자연환경이면 자연환경, 인심이면 인심, 통영
이야말로 그 모든 것의 최상치를 보유하고 있는 지상의 낙원이
었습니다. 너무 그렇게 강조하니 다른 분들이 과거 추억이나
고향 이야기를 하다가도 "통영은 물론 훨씬 (그리움이) 더하
겠지만"이라고 인정 반 우스개 반으로 첨언을 하는 일이 종종
있었습니다. 저는 그 상황을 보면서 어릴 적의 그 눈에 익은 장

소애를 떠올렸습니다. 부모님 생각이 많이 났습니다. 그분들의 장소애는 우리가 겪는 것과는 질적으로 달랐습니다. 생이별의 현장이었고, 영영 갈 수 없을 것이라는 강박으로 이중의 고통을 안기는 고향이었기 때문입니다.

어쨌든 장소애는 젊어서 저를 무척이나 곤란케 했던 신경증 중의 하나였습니다. 링반데룽(Ringwanderung, 등산을 하다 짙은 안개 및 폭풍우를 만났을 때나 밤중에 방향감각을 잃고 같은 지점을 계속 맴도는 일)이라고나 할까요? 아무리 벗어나고자 해도 결국 원점으로 돌아오고 말았습니다. 나이가 들어서 간혹 반발심을 느낄 때도 있긴 합니다. 억지로 장소애의 대상을 옮겨보려는(교체해보려는) 충동이 들 때도 있습니다. 저에게는 마산도 대구 못지않게 장소애의 대상이 되고 있거든요. 집필실을 마련한다는 핑계로 마산 근처 바닷가에 작은 거처를 마련하고 싶을 때도 있습니다. 그러나 아직은 찻잔 속의 태풍입니다. 그 동기와 대상은 다르지만 장소애가 어떤 것인지 잘 그리고 있는 글이 있어 소개합니다.

서른다섯 늦은 나이에 서울에서는 완강히 닫혀 있던 대학원의 문을 두드리기 위해 인천행을 결심하기 전까지 나는 골수 서울내기였다. 오래 살았다는 뜻만이 아니라 실제로 서울 것 특유의 깍쟁이 기질, 문화적 스노비즘 등등에서 나는 누구에게 뒤질 것이 없었

다. 그리고 무엇보다 서울은 내게 온전한 '기억의 장소'였다. 동대
문 밖 하급 중산층 주거지 골목에서의 가난했지만 순수했던 유년
의 기억, 고교 시절의 광화문, 종로 일대 중심가에서의 문청 흉내
로 우스꽝스러웠던 기억, 그리고 비록 관악산 구석이었지만 늘 그
곳이 서울의, 대한민국의, 세계의 한복판이라고 여겼던 학생운동
가로서의 오만했던 기억들…… 그리고 그 나날들을 관통했던 어
설펐던 사랑들과, 격정과 고통으로 얼룩졌던 수많은 관계들이, 어
느 길목을 돌아서도 훤히 알 수 있었던 지명들과 그 지명과 장소의
내력들과 거기 개인적으로 얽힌 기억들이 그렇듯이 애쓰지 않아도
하나의 파노라마로 펼쳐지는 그런 장소였던 것이다. 이른바 장소
애(topophilia)도 사랑이라고 한다면 나는 그 세월 동안 서울을 사
랑했다고 말해도 좋을 것이고, 그만큼 사랑하는 상대와 헤어지기
싫어했다는 게 솔직한 심정일 것이다.[10]

글자 몇 개만 바꾸면 저의 장소애와 거의 일치하는 설명입
니다. 저는 젊어서 몇 번의 탈출 기회를 가질 수 있었습니다.
십대 말의 대학 입시나, 이십대의 사관학교 교관 이력이나, 삼
십대 초반의 국립대학 교수 부임 등의 기회에 장소애를 걸어
찰 수 있는 호기(好機)를 가졌습니다. 그러나 한 번도 성공하
지 못했습니다. 그 후과(後果)로 초등학교 다니던 큰아이는 몇
번씩이나 전학을 다녀야 했습니다. 그 과정은 참 무안하고 난

10 김명인, 페이스북, 2015. 3. 16.

처한 것들 일색이었습니다. 이른 시기에 저의 장소애를 지적했던 부산 출신 친구는 모교의 교수가 되어 '슬기로운 서울 생활'을 잘하고 있습니다. 그가 청주에서의 직장 생활을 청산하고 마지막 귀소(낙향)를 하는 저를 두고 "어쩌면 행복한 병이다"라고 위로했습니다. 장소애의 원인은 '상처(과거)'와 '소외(현재)'인 것만은 분명해 보입니다. 어느 쪽이든 신경증인 것도 분명합니다.

풍천소축(風天小畜), 『주역』의 아홉번째 괘는 소축(小畜)괘 ☰☰입니다. 밀운불우(密雲不雨), 군자의 덕이 베풂으로 아직 나아가기 전, 그 문채가 빛나는 시기를 뜻합니다. 구삼(九三)의 효를 설명하는 대목이 인상적입니다.

구삼(九三)은 수레가 바퀴살이 벗겨지며 부부가 반목함이로다(九三輿說輻 夫妻反目). 상효가 힘껏 막고 있어서 끌고 갈 수 없으나, 이런 상황으로도 나아가므로 반드시 바퀴살이 벗겨진다. 자기(즉 구삼)는 양의 극이고 위는 음의 어른인데(상괘인 손괘는 맨 처음에 음효가 사귀어져서 이루어진 괘로, 가족관계로 말하면 첫째 딸인 장녀에 해당한다) 음의 어른에 막혀 스스로 회복할 수 없음을 부부가 반목하는 뜻에 견준 것이다.(『주역왕필주』, 101쪽)

막힌 것들만 뚫고 가려다 '바퀴살이 벗겨지도록' 고난을 자초했던 장소애의 한평생이었습니다. 그럴 때는 부부간의 의가 상하기가 십상인데 그동안 묵묵히 가장의 결정에 순응해온 아내에게 고마운 마음을 전합니다. 그렇게 변덕을 부렸지만 한 번도 "싫다"라고 말한 적이 없었습니다. 늘 "나는 어디든 다 좋다"라고 말해주었습니다. 최근에는 "그때가 좋았다"라는 말도 가끔씩 합니다. '첫째 딸'인 큰아이에게도 미안한 마음과 함께 감사의 뜻을 전합니다. 구삼(九三) 설명에서 '첫째 딸'이 나오는 바람에 좀 놀랐습니다. 장소애에 빠진 아버지 아래에서도 잘 커준 것, 그리고 가정을 이루어 제 몫을 다 하고 있는 것에 칭찬과 격려를 아끼지 않습니다(최근에는 손자까지 안겨주네요). 몇 달 다니지도 못하고 다시 전학을 가야 했던 아비의 '장소애의 상처'가 남아 있는 곳이 딸아이의 초임지가 되었습니다. 임용 면접을 볼 때 "제가 다닌 초등학교가 바로 인근에 있습니다. 이곳이 마치 제2의 고향이라는 생각이 듭니다"라고 말했다네요. 저는 '벗겨진 바퀴살'로 평생을 살아왔습니다만 집아이는 장소애 없이 어디서든 평탄한 일생을 보내길 바랄 뿐입니다.

작은 것이 가고
큰 것이 오니

소탐대실(小貪大失)

옛이야기의 공식이라고 하면 권선징악과 해피엔드가 대표적입니다. 착한 일을 하면 복을 받고 악한 일을 하면 벌을 받는 것, 그리고 결말이 '오래도록 잘 사는 것'으로 끝나는 게 대표적인 옛이야기의 주제와 플롯의 공식입니다. 대표 공식은 아니지만 흥미로운 공식이 하나 있습니다. 주제 코드나 구성 코드와 분리되어 독자적으로 존재하기도 하는 성격이나 사건 코드입니다. 주인공이 하는 일(선택 행위)이 처음에는 무지와 무모의 소치인 것 같았는데 나중에 보니 현명하고 실속 있는 것으로 밝혀지는 것이 그것입니다. 크게 보면 반전 구성(反轉構成)의 일종입니다. 소설의 3요소를 '주제, 구성, 문체'라고 했을 때 앞의 '대표 공식'은 주제적 차원이고 뒤의 '흥미로운 공식'은 구성적 차원이라고 말씀드릴 수 있겠습니다. 이야기 속 주인공의 순진하고 무모한 행동이 훗날 지혜롭고 용감한 행동으로 밝혀지려면 독자 대중의 이야기 전통에 대한 양해와 승인

이 있어야 합니다. 반전 구성의 스토리텔링이 '우격다짐식' 인 과웅보나 '천편일률식' 권선징악이 될 때가 많기 때문입니다. 독자들은 웬만하기만 하면 '현실 무시, 주제 강조'를 위한 반전 구성에 동의합니다. 억강부약(抑强扶弱)의 원칙만 지켜지면 어떤 이야기가 펼쳐져도 눈 한번 깜짝하지 않습니다.

우리에게 익숙한 「춘향전」이나 「심청전」이나 「흥부전」의 반전 구성을 봐도 그렇습니다. 그들 주인공들의 현실 대응은 상황적으로 볼 때 상식과 이성을 무시한 무리한 선택이었지만 결과적으로 그들은 '승리하는 인간'이 되어 훗날 큰 보상을 받습니다. 자신의 행동보다 훨씬 가치 있고 실속 있는 보상을 받습니다. 그들의 '조롱받을 만한 고집과 모험, 분수 모르는 희생과 선행, 융통성 없는 순수와 도덕'은 단기간의 '죽을 고초'를 무사히 넘기게 되면 장기간의 행복에 이르는 지름길 역할을 톡톡히 해냅니다. 두고두고 영원한 승리에 이르는 인생의 승부수로 인정받게 됩니다. 그런 측면에서 보면 그들 '어리숙하고 순진한 주인공'들은 겉보기와 달리 슬기롭고 영악스럽기까지 한 진정한 인생의 고단수(高段數)라 하지 않을 수 없습니다.

물론, 이야기 속이니까 그렇습니다. 현실에서는 그런 식으로 '인생의 고단수'가 되는 길이 없습니다. 간혹 있기는 합니다. 죽고 나서 신화가 되는 경우입니다. 그들, 죽어서 신화로 부활하는 주인공들은 살아생전에는 제대로 대접을 받지 못합니다.

대부분의 사람들은 그의 고초와 희생을 조롱 섞인 눈길로 바라다봅니다. 그가 진정한 고단수였다는 것을 알게 되고 그의 이야기가 하나의 신화가 되는 것은, 그의 삶이 집단의 갱신에 기여할 때입니다. 그리고 현실의 그 누구에게도 '혁명'을 요구하지 않게 될 때입니다. 사람들은 그가 죽고, 그 덕분에 집단의 갱신이 이루어지고, 위험 없이 그를 기념할 수 있어야만 그를 추앙합니다. 그렇게 자신들의 비겁과 면책을 합리화합니다. 그를 신화로 만들고 그 모든 혁명의 의무에서 벗어납니다. 옛 성현의 말씀처럼, 백성은 언제나 결과만을 같이 즐길 뿐, 함께 혁명에 나서는 사람들은 아니기 때문입니다.

저희가 어렸을 때는 학교에서 김유신 장군을 민족의 가장 큰 영웅으로 가르쳤습니다. 삼국을 통일해서 지금의 우리 민족을 만든 역사적 위인이었다는 것이지요. 그러나 곧 김유신 장군을 밀어내고 이순신 장군이 그 자리를 차지했습니다. 우리 민족을 외세의 침탈로부터 구해낸 구국의 영웅이라는 것이지요. 지금까지도 소설이나 드라마, 영화를 통해 이순신 신화는 성공적으로 재생산되고 있습니다. 최초의 기획 의도, 그러니까 "민족 통일보다는 독자적인 갱생이 중하다"라는 공유인식의 확대와 군사정권의 지도자에게 이순신에 버금가는 권위를 부여하고자 한 상징 조작은 성공한 것 같습니다. 물론 그 불순했던 의도와 이순신 신화의 성공은 전혀 별개의 것입니다. 처음의 주인에게 복속되지 않는다는 것, 오직 때(時)만이 주인이라는 것, 혼자서 승리한다는 것 역시 옛이야기의 오래된 기본 공식 중 하나입니다.

살다보면 아주 태생적으로 '한 뿌리로 얽히기'를 싫어하는 이들을 만납니다. 그들은 어느 쪽으로 가야 득이 있을지 늘 형세를 저울질합니다. 큰일이든 작은 일이든, 무슨 일을 도모하려면 이런 이들을 만나지 말아야 합니다. 그러나 처음 만나게 될 때는 일반적으로 그들과 함께하는 '달콤한' 계기가 있을 경우가 많으므로 보통 사람으로서는 그들의 본색을 알기가 힘듭니다. 때로는 그쪽에서 적극적으로 접근해서 '나와 함께하면 늘 좋은 일만 있다'는 암시를 주기도 합니다. 가령 이쪽에서 '뜻이 밖에 있다'는 것을 내색하기라도 하면 자기가 크게 도와줄 수 있다고 과시하기도 합니다. 그러나 상황이 변하여 '큰 것(이득)이 가고 작은 것(손실)이 오는' 날이 있게 되면 그들은 초지(初志)를 거두어들이고 공연(公然)히 배반합니다. 필요해서 찾아가면 십중팔구 당신과는 더 볼일이 없다는 표정을 짓습니다. 그렇게 또 저울질을 일삼으며 또 다른 달콤한 먹잇감이 없는지 이리저리 물색합니다. 우리가 옛이야기에서 보는 반전 구성, 억강부약은 약에 쓰려 해도 찾을 수가 없습니다.

초구는 띠뿌리를 뽑으니 얽혀 있음이라, 그 무리를 지어서 가니 길하니라(初九拔茅茹 以其彙征吉). 띠풀은 그 뿌리를 뽑으면 서로 당겨 끌려 나온다. 여(茹)는 서로 엉킨 채로 끌리는 모양이다. 세 양(陽)이 뜻을 같이하니, 모두 밖에 뜻이 있다. 초효는 무리의 머리가 되어 자기가 들리면 (다른 양들도) 따라 들리게 됨이 띠뿌리가 얽힌 것과 같다. 상괘가 순순히 응하고 거슬러 거부하지 아니하니, 나아가려 함에 모두 뜻을 얻으므로 그 무리를 지어 나아가면 길하다. (『주역왕필주』, 113쪽)

『주역』 열한번째 태(泰)괘☷☰ 지천태(地天泰)와 열두번째 비(否)괘☰☷ 천지비(天地否)는 서로 대비되는 괘입니다. 형태(괘상)가 상반됩니다. 각각 '곤/건'과 '건/곤'으로 되어 있습니다. 상괘와 하괘가 3음, 3양이거나 그 반대로 3양, 3음입니다. 어느 한쪽으로 확 기운 형세를 드러냅니다. 경문은 각각 "작은 것이 가고 큰 것이 오다(小往大來)"와 "큰 것이 가고 작은 것이 오다(大往小來)"입니다. "양이 안에 있고 음이 밖에 있으며, 안으로 강건하고 밖으로 순하며, 천지가 사귀어 만물이 통하면" '지천태'이고 그 반대면 '천지비'입니다. 전자는 길하고 후자는 흉합니다.

비(否)는 사람이 아니니, 군자의 곧음이 이롭지 못하다. 큰 것이 가고 작은 것이 오느니라.

否之匪人 不利君子貞 大往小來.(『주역왕필주』, 119쪽)

태(泰)괘와는 달리 비(否)괘에서는 '군자의 곧음'이 인정받지 못하는 상황에 대해 말합니다. '소인의 도가 자라고 군자의 도가 사라지는', '천지가 사귀지 못하는' 때를 적시합니다. 우리가 몸담고 사는 인간세에서는 늘 '태'와 '비'의 운세가 오고 갑니다. 사람의 길이 '사람 아닌 것들'에게 유린될 때도 종종 있습니다. 사람 아닌 것들이 오히려 사람을 자처할 때도 흔히 봅니다. 그러나 설혹 '큰 것이 가고 작은 것이 오는' 세월에 살고 있다 하더라도 모두 '밖'에 뜻을 두고 있다면 조만간에 그 '작은 것들'을 떠나보내고 '큰 것들'을 다시 불러올 수 있을 것이라 믿습니다. 그래야 인간세입니다. 『주역』은 그런 인간세의 변화를 요약하고 있는 책입니다. '띠뿌리'가 보여주는 '여(茹)'의 아름다움을 반드시 다시 볼 수 있을 것이라 믿습니다.

굳이 '뜻을 밖에 두고' 있지 않더라도, 살다 보면 매사 작은 것을 보내고 큰 것을 기다려야 할 때가 자주 있습니다. 작은 것에 매여 있다가는 큰 것이 오는 것을 제대로 맞이할 수 없습니다. 그야말로 인생만사 소탐대실(小貪大失)입니다. 그러나 그것 역시 뜻대로 되지 않을 때가 많습니다. 정분을 기억하고 의리를 지키려다 보면 어찌할 수가 없을 때가 있습니다. 제 인생은 늘 그렇게 소탐대실의 연속이었습니다. 갈림길에서는 항상 감정적인 선택을 했습니다. 결과적으로 볼 때 제가 제공하는 노력이나 노역, 혹은 감정보다는 항상 적은 양의 보상을 얻곤 했습니다. 그러나 후회는 없습니다. 만약 저의 선택이 신의 한 수, 대박의 연속이었다면 제 인생이 크게 좋았을까요? 그 뒤에 오는 '무시무시한' 작은 것들을 감당할 수 있었을까요? 마지막 하나, 『주역』에서 강조하는 '군자의 곧음'이나마 기대할 수 있었을까요? 한번씩 뒤돌아봤을 때, 못난 선택이 오히려 위안이 될 때가 많습니다. 그 결과로 제 스스로 예상치 못했던 자리에 어느덧 제가 와 있음을 보고 때로 놀랄 때도 있습니다. 혹시 이런 인생이 '작은 것이 가고 큰 것이 오는' 삶이 아닌가 하는 착각이 들 때 있습니다. 운이든 노력이든 쉽게 대박을 얻고 용케 대세에 편승한다 쳐도, 모든 것에는 끝이 있는 법. 결국 '큰 것이 가고 작은 것이 오는' 삶으로 자신의 인생살이를 마감한다면 좋을 것이 무엇 있겠습니까? 특히 자손들에게 얼마나 미안하겠습니까? 마침 자손에게 미안하게 살지 말라는 뜻을 전하는 좋은 글이 있어서 말미에 붙여둘까 합니다. 추사 김정희 선생이 새로 방을 하나 낸 제자에게 방에 걸어두라고 지어준 것입니다.

留齋(유재)

留不盡之巧以還造化(기교를 다하지 않고 남김을 두어 조화로 돌

아가게 하고)

留不盡之祿以還朝廷(녹봉을 다하지 않고 남김을 두어 조정으로 돌아가게 하고)

留不盡之財以還百姓(재물을 다하지 않고 남김을 두어 백성에게 돌아가게 하고)

留不盡之福以還子孫(내 복을 다하지 않고 남김을 두어 자손에게 돌아가게 한다)

阮堂題(완당 제하다)

(유홍준, 『완당평전 2』, 학고재, '서문')[11]

---

11 '유재(留齋)'는 완당이 제자 남병길(1820~1869)의 당호로 지어준 것이다. 완당이 제주에 있을 때 써서 현판으로 새긴 것인데 바다를 건너다 떨어뜨려 떠내려간 것을 일본에서 찾아왔다는 이야기가 전한다. 스승이 아들처럼 여기던 제자에게 내리는 방 이름 현판이었다. 시는 완당이 새로 지은 것은 아니고 오래전부터 전해져 내려오는 내용이다.

곤궁해서
원칙에 돌아가야

불극공길(弗克功吉)

　'양손에 떡'이라는 말이 있습니다. 경사가 겹쳐 이래도 좋고 저래도 좋을 때 쓰는 말입니다. 살다 보면 간혹 양손에 떡을 쥐는 상황을 맞이할 때가 있습니다. 젊은 시절, 소설가가 되고 좋은 직장을 얻고 마음에 드는 배필도 만나고 부러움을 사는 사회적 인정도 받으면서 가화만사성, 의기양양하게 살았던 시절이 있었습니다. 제 평생 그렇게 '양손에 떡'을 쥐고 살았던 때가 없었습니다. 그러나 그런 시절운(時節運)을 평생 누릴 수는 없습니다. 사는 게 그렇게 녹록하지 않습니다. 세월이 흘러 '떡'으로 여기던 것들이 심드렁해질 때면 점점 세상살이가 어려워지게 됩니다. 힘든 선택의 시간도 자주 닥칩니다. 두 개를 동시에 가질 수 없는 것들이 자주 나타나서 일신을 괴롭힙니다. 가진 것 중 무엇인가를 내려놓아야 하는 상황도 종종 생깁니다. 내려놓을 것은 내려놓고 버릴 것은 버리고, 한 손에만 떡을 쥐어야 하는데 그게 쉽지가 않습니다. '세상'도 그렇습니다.

내가 욕심내는 세상은 통째로 내게 안기지 않습니다. 온전한 모습으로 자기를 보여주지 않습니다. 어쩌다 손에 쥐여지는 세상은 이미 찌그러지고 귀퉁이가 떨어져 나간 세상입니다. '얻으려 하면 잃는' 아이러니를 매번 확인하게 됩니다. 물질은 늘어나지만 마음은 조급해지는 궁핍을 경험합니다. 세상을 원할 때마다 그렇게 스스로 곤궁을 자초합니다.

우리가 책을 읽고 글을 쓴다는 것도 결국은 내가 곤궁하다는 것입니다. 읽고 쓰면서 행여라도 내 한 손을 비우고 돌아갈 곳이 있는지 공들여 찾는 일입니다. 이를테면 내가 살아갈 방향과 원칙을 찾는 일입니다. 누구에게나 그것이 책을 펼치고 연필을 잡는 가장 큰 이유입니다. 『주역』은 그런 차원에서 곤궁의 정도가 아주 심한 이들이 찾는 책입니다. 너무 심하게 막혀서 '큰 군사로 이겨야(大師克)' 하는 형편에 처한 이들에게 잘 어울리는 책입니다. 곤궁의 정도로 치면 시인이나 소설가만 한 이들도 없습니다.

시인이나 소설가나 곤궁하기는 마찬가지입니다만 그들이 자신의 곤궁을 읽는 방법은 서로 다릅니다. 이를테면 시는 시각이고 소설은 후각입니다. 시인은 보고 다닙니다. 그의 눈은 현미경이지요. 우리가 보지 못하는 것을 한 올 한 올 주워 담습니다. 소설가들은 어디서든 킁킁거립니다. 보이지 않는 것들이 풍기는 냄새를 찾아다닙니다. 그의 코는 유난히 예민합니다.

시인도 두 부류입니다. 안을 보는 자가 있고 바깥을 보는 자가 있습니다. 다음의 시들이 그런 경향을 대표합니다. 문태준과 황지우의 시입니다. 둘 다 어류(가재미, 넙치)를 '제 한 몸으로 감싸는 상징'으로 쓰고 있습니다. 두 어류가 비슷하게 생긴 것만큼 비슷하고, 그럼에도 불구하고 다른 어종인 것만큼 다른 시입니다.

김천의료원 6인실 302호에 산소마스크를 쓰고 암투병 중인 그녀가 누워 있다

바닥에 바짝 엎드린 가재미처럼 그녀가 누워 있다

나는 그녀의 옆에 나란히 한 마리 가재미로 눕는다

가재미가 가재미에게 눈길을 건네자 그녀가 울컥 눈물을 쏟아낸다

한쪽 눈이 다른 한쪽 눈으로 옮겨붙은 야윈 그녀가 운다

그녀는 죽음만을 보고 있고 나는 그녀가 살아온 파랑 같은 날들을 보고 있다

(……)

나는 그녀가 죽음 바깥의 세상을 이제 볼 수 없다는 것을 안다

한쪽 눈이 다른 쪽 눈으로 캄캄하게 쏠려버렸다는 것을 안다

나는 다만 좌우를 흔들며 헤엄쳐 가 그녀의 물속에 나란히 눕는다

산소호흡기로 들이마신 물을 마른 내 몸 위에 그녀가 가만히 적셔준다(문태준, 「가재미」 중에서)

해 속의 검은 장수하늘소여
눈먼 것은 성스러운 병이다
활어관 밑바닥에 엎드려 있는 넙치
짐자전거 지나가는 바깥을 본다, 보일까
어찌하겠는가, 깨달았을 때는
모든 것이 이미 늦었을 때
알지만 나갈 수 없는, 無窮의 바깥
저무는 하루, 문안에서 검은 소가 운다(황지우, 「바깥에 대한 반가사유」 전문)

시인 문태준은 어머니 이미지를 가재미에서 찾습니다. 삶이 간직한 원천적인 비극성을 가장 가까이에서 봅니다. 보는 것의 차원을 넘어 그것과 나란히 눕습니다. 죽음 안에 갇혀 있는 인생을 두 눈을 똑바로 뜨고 직시합니다. 그리고 그것을 사랑합니다. 시인 황지우는 시 제목에서부터 '바깥'을 명시합니다. 죽음 안에 갇혀 있을 수만은 없으므로 우정 보이지 않는 것을 본다고 적습니다. 그러면서 보는 것 자체를 부정하고자 합니다. 어차피 볼 수 없는 것을 보려 애쓴들 활어관(수족관) 안에서 바깥을 보는 것과 무엇이 다르겠냐고 자탄합니다. 그러면서 인생의 허무를 확인합니다. 그럼에도 불구하고 우리는 사는 것을 멈출 수 없다고 강조합니다. 이런 사유 자체가 그런 노력이라는 것을 말없이 말하고 있습니다.

소설가의 '냄새 맡기'는 제가 쓴 다른 원고로 대신하겠습니다. 이 글에서 제가 "시인은 보고 소설가는 냄새 맡는다"라고 말씀드린 동기를 제공한 글입니다.

향수로 아내와 심하게 다퉜다. '다투다'라는 표현을 쓰지만 사실은 일방적으로 아내에게 화를 내며 성질을 부렸다는 편이 옳았다. 누구한테 선물 받았다는 건데 냄새가 역해서 사용하지 말라고 한 것을 공연히 딸아이에게 주어서 사달이 나게 했다. 재미로 집 안 구석구석 여기저기 뿌리고 다닌 딸아이는 그 냄새로 역정을 내는 아버지가 보기 싫어서 일찍 새벽차로 올라갔다. 아내는 내가 예민하다고 타박을 한다. 특히 이런저런 냄새를 두고 투정을 하는 내가 미워 죽겠다는 투다. 빨랫감에 들어가는 세제류에도 곧잘 시비를 건다. 장(醬)류를 다룰 때는 아예 미리 신고를 한다. 냄새에 민감한 것은 아무래도 어머니에게서 내림으로 물려받은 것 같다. 어머니는 그림도 잘 그렸지만 냄새로 무엇이든 분간을 잘해내었다. 음식이 타거나 상한 것, 우리 몸의 땀 냄새 같은 것들을 예민하게 집어내곤 했다. 어머니가 만든 음식은 우선 그 냄새부터가 좋았다. 그 생각을 하니 지금도 고소한 참기름 냄새가 코끝을 맴돈다. 그런 어머니가 나에게 자신의 모습을 감춘 것은 당신이 세상을 버리기 대여섯 달 전쯤부터였다. 방 안으로 나를 들이지 않았다. 몰골도 몰골이지만 냄새가 안 좋으니 들어오지 말라는 거였다. 그때 내가 무슨 생각을 했는지가 통 기억에 없다. 그게 한번씩 슬프다. 어머니의 그림을 내가 몇 장이나 가지고 있는지 궁금할 때가 있어서 한번 세어본 적도 있다. 열두어 장? 희미하게 남아 있는 그림들조차 세월에 색이 바래 초라하기 그지없었다. 그중에서도 어머니의 손을 잡고 대로변을 걷던 그림이 제일 먼저 떠오른다. 어머니의 치맛자락이 내 얼굴을 가끔씩 스쳤던 것 같았고, 한번은 집세가 밀렸으니 집주인네 가게를 우회해서 가자는 말씀을 했던 것도 기억에 남아 있다. 그래도 5원짜리 산도(샌드) 과자 하나는 입에 물었던 것 같다. 네댓 살이나 되었을까? 왜 그 그림이 가장 선명한 축에 드는지 그 이유를 알 수 없다. 어머니 생각이 나면 으레 그 대목부터 리바이벌된다. 어쨌든 나는 어머니의 말년을 제대로 그려낼 수 없다. 앞에서 말한 어머니의 냄새 통금령 때문이다. 당연한 일이지만 나는 어머니가 어떻게 육신의 몰락을 이루었는지 자세히 알지 못한다. 그래서 그림의 연결이 자주 끊어지는지도 모르겠다. 임종 시 볼 수 있었던 그 뼈만 남은 앙상한 육신은 이미 어머니가 아니었다. 모든 윤곽이 지워진 채, 오직 움푹 파인 눈자위와 볼썽사납게 튀어나온 입언저리로만 남아 있는, 그야말로 해골과 진배없는 얼굴과 간헐

적으로 들락거리는 미약한 숨결만 가지고는 도저히 어머니라고 할수 없었다. 정말이지, 내가 할 말을 이미 다 해버린 로렌 아이슬리의 말처럼 어머니의 그런 모습은 그저 '생이 지나가면서 늘 남기는 부스러기'일 뿐 다른 어떤 것도 아니었다.

불가(佛家)에서는 천상에서의 대화가 말이 아니라 향내로 이루어진다고 한다는 걸 누구에겐가 들었던 기억이 난다. 냄새에 그렇게 민감했던 어머니도 아마 천상의 대화를 추억하느라 그랬을 것이다. 불현듯 로렌의 독백이 생각났다. 그래요, 엄마. 아무것도 아니에요, 아무것도……(양선규, 『레드빈 케이크』 원고 중에서)

『주역』 열세번째 괘는 천화동인(天火同人), 동인괘☰☲ 입니다. 무리를 지어 큰 내를 건너도 좋은 괘입니다. 그런데 효사를 보면 그냥 좋아지는 게 아닙니다. 일단 궁해져서 원칙으로 돌아간 다음에야 제대로 길할 수 있다는 것을 설파합니다. 효사의 일부를 옮겨봅니다.

구사(九四)는 그 담에 오르되 공격하지 못하니 길하니라(九四乘其墉弗克功吉). (……) 그러므로 담을 타되 이길 수 없으니, 이길 수 없으면 되돌아가고 돌아가면 길을 얻는다. 이길 수 없어서 되돌아감이 길을 얻는 소이이니, 곤궁을 겪어서 원칙대로 돌아가는 것이다.

「상전」에서 말하기를, '승기용(乘其墉)'은 의로움으로 이기지 못함이요, 그 길한 것은 곤궁해서 원칙에 돌아옴이라(象曰 乘其墉 義弗克也 其吉 則困而反則也).

구오는 동인이 먼저 부르짖어 울고 뒤에 웃으니, 큰 군사로 이겨야 서로 만나도다(九五 同人 先號咷而後笑 大師克 相遇).

「단전」에서 말하기를, "유(柔)가 자리와 중(中)을 얻어 건(乾)에 응하므로 동인(同人)이라 하였다"고 했으니, 그런즉 몸체가 부드러우면서 가운데에 거하면 사람들이 함께하지만, 강직하게 하면 무리가 따르지 않는다. 그러므로 가까이 두 강(剛)에 막혀 그 뜻을 아직 이루지 못했으므로 '선호조(先號咷, 먼저 부르짖어 울고)'이다. 중에 거하고 존귀한 자리에 처하였으니 싸우면 반드시 이기므로 뒤에 웃는다. 사람들로 하여금 스스로 (제 위치로) 돌아가게 할 수 없어 억지로 강제력을 쓰게 되므로, 큰 군사가 이긴 뒤에야 서로 만나게 된다.(『주역왕필주』, 128~129쪽)

'유가 자리와 중을 얻어 건에 응하'게 되는 것은 담을 타고 넘어가서 이길 뜻을 완전히 거두었을 때 비로소 가능해집니다. 조금이라도 '강(剛)'에 미련을 두고 있으면 '천화동인(天火同人)'의 경지는 오지 않습니다. '대사극(大師克)'은 그래서 그저 사족에 불과합니다. '유(柔)가 자리와 중(中)을 얻'는 것은 강(剛)과는 아무런 상관이 없는 문제입니다. 그저 '천화동

102

인'이 끝입니다. 그게 전부라 봐야 합니다. 취할 것은 오직 그 것뿐입니다. 한 손에 든 떡을 내려놓고 원칙에 돌아가려면 그 게 맞을 겁니다.

곤궁해져 원칙에 돌아가는 일의 중함을 나이 들면서 보다 확연히 알겠습니다. 옛날 선비들이 나이 들어 반드시 『주역』 을 아꼈다는 말을 이제야 확실히 곧이듣겠습니다. 나이 들면 너나없이 다 곤궁해집니다. 때를 놓치지 말고 '담을 타고 넘어가서 이길 뜻을 완전히 거두어' 부드러움을 취해야 함을 명심 합니다.

수레가
아무리 커도

적중불패(積中不敗)

옛이야기에서 쥐와 소는 작은 것과 큰 것을 대표합니다. 농경사회에서는 대체로 그랬습니다. 사막이 있는 곳이나 유목 사회에서는 좀 다릅니다. 예수님이 사용한 비유 중에 가장 유명한 것이 '낙타와 바늘귀' 비유입니다. 큰 것 대표로 낙타가 등장합니다. 동양 무예인 검도 수련에서는 서두우경(鼠頭牛頸)이라는 말이 있습니다. 쥐 대가리와 소 모가지라는 뜻인데 작은 칼보다는 큰 칼을 쓰라는 가르침입니다. 작은 작대기로 쥐 대가리를 두드리듯 칼을 쓰지 말고 우도(牛刀)로 소 모가지를 단칼에 베듯이 시원스럽게 칼을 쓰라는 말입니다. 삼십 년 전, 본격적인 검도 수련에 들면서 제가 이런저런 상대를 만나며 느낀 소회를 그렇게 스스로 요약해본 적이 있습니다(졸저『칼과 그림자』24장 참조).

무도 수련에서 볼 수 있는 흔한 하수(下手)들의 특징은 머리로 생각하기입니다. 그들은 무엇이든 분절적(分節的)으로, 단계적으로, 인과론적으로 생각을 합니다. 융이 말한 '동시성 이론' 같은 것은 아예 안중에 없습니다. 빨리 고수가 되고 싶다는 조급증 다음으로 많이 발견되는 하수 스펙트럼입니다. 하수들은 하나 들으면 그 하나에 집착합니다. 조금 나은 사람은 둘까지 생각합니다. 그러나 하나를 듣고 열을 알지 못합니다. 항상 눈앞의 것이 급하므로 그 이상은 생각하지 못하는 것입니다. 지식계에서도 마찬가지입니다. 누구는 그런 사람을 시각형 지식인이라고 불렀던 것 같습니다. 게슈탈트(Gestalt, 부분의 집합을 넘어서는 전체의 힘)는 아예 언감생심입니다. "크게 들어서 쳐라"라고 들으면 그들은 칼을 드는 일에만 집중합니다. 크고 멋있게 들어서 힘껏 내려칠 궁리만 합니다. 그 동작이 어떤 과정을 거쳐서 성사되는지는 알지 못합니다. 크게 들어서 치려면 발(다리)과 허리가 어떻게 협업해야 하고 그 협업을 위해서는 내 몸이 어떻게 단련되어야 하는지에 대해서는 생각이 미치지 못합니다. 모든 무도의 기술은 눈과 발과 손과 허리의 자연스러운 콜라보로 이루어집니다. 그래서 고수의 동작은 항상 느릿느릿해 보입니다. 모든 것이 자연스럽기 때문입니다(테니스를 배워본 분들은 잘 아실 것입니다). 동작 하나하나를 익히는 일은 상대를 제압하는 '전체적인 움직임'을 위한 기초 준비 작업입니다. 처음에는 미흡한 동작들이 나올 수밖에 없습니다. 그러나 꾸준한 연습 과정을 거치면서 다른 요소들과의 상호텍스트성으로 나중에는 자기도 모르는 사이에 한꺼번에 모두 높은 수준으로 완성됩니다. 그런 게 기예(技藝)의 세계입니다. 괄목상대(刮目相對)가 수시로 일어나고 그 모든 것들이 오랜 시간을 거쳐서 '통째로 눈치껏' 내 몸에 들어오는 곳이 바로 그 세계입니다.

제가 처음 검도 사범 생활을 시작했을 때 은사님께서 "말 대로 잘 안 되지요?"라고 말씀하셨습니다. 몸 공부를 말로 가르치는 게 참 어렵지 않느냐는 말씀이었습니다. 몸 공부에서는 좋은 시범이 가장 좋은 가르침입니다. 그다음은 백련자득(百鍊自得)이고요. 잘 보고 꾸준하게 하던 대로 열심히 하는 게 중요합니다. 그러면 서서히 크고 미려(美麗)한 기술이 몸에 붙고 몸을 버리고 뛰어드는 용기가 절로 배양됩니다. 한마디 말씀에 단번에 깨칠 수 있는 것이라면 애초에 도(道)라는 이름도 붙지 않았겠지요.

하수 스펙트럼은 글쓰기에서도 마찬가지입니다. 하수들의 글은 그 내용이 어떤 것이든 늘 '쥐 대가리 두드리기'로 일관합니다. 대표적인 게 책상머리 글쓰기 선생들입니다. 그들은 생각으로 글쓰기를 가르칩니다. 라면을 끓일 때처럼 물(생각)을 끓이면 무언가(글감이) 익는데 이때 무엇을 가미하면 좋은 글이 된다는 식으로 말합니다. 글공부는 기초(입문), 숙달(심화), 통달(응용)의 단계적인 과정을 거쳐야 된다고 가르칩니다. 그들은

'글쓰기'에 대한 표상적 지식만 가르칩니다. 절차적 지식(실기 능력)은 전하지 못합니다. 결국 "글은 사람입니다." 자기를 모르는 사람은 소 모가지를 단칼에 베는, 일도가 만도가 되는 글을 절대로 쓸 수 없습니다.

정치도 마찬가지일 것으로 생각합니다. 정치는 소 키우는 일입니다. 평생 쥐만 잡던 이들이 모여 아옹다옹 서두(鼠頭) 정치를 하면 늘 소 잃고 외양간만 고칩니다. 그러다 패가망신한 나라가 한둘이 아닙니다. 물가와 정치 불안, 북핵 문제와 강대국들의 패권 경쟁으로 나라 안팎이 좋지 않습니다. 이럴 때일수록 국민들의 삶을 알뜰하게 챙기고 나라와 민족의 앞날을 내다보는, 크고 보기 좋은 우경(牛頸) 정치가 행해지기를 고대해봅니다.

십여 년 전의 일입니다. 지체 높은 자리에 오른 선배분의 사무실에 들렀다가 벽에 걸린 아주 큰 편액을 하나 봤습니다. 한쪽 벽을 거의 다 차지하고 있었습니다. 그쪽 벽에서는 오직 그것 하나밖에 보이지 않았습니다. 내용은 차치하고 크기가 너무 커서 일단 보는 이를 압도했습니다. 그 크기가 주는 압도감이 너무 신선했습니다. 저렇게 할 수도 있는 거구나. 내용도 내용이지만 형식이 정말 중요하다는 것을 그때 느꼈습니다. '대거이재 임중이불위(大車以載 任重而不危)'라는 『주역』에 나오는 문장이었습니다. "큰 수레에 실었으니 무거운 임무를 맡았으나 위태하지는 않다"라는 뜻이라 했습니다. 그 이야기를 듣는 순간 결과론이겠지만 어쨌든 높은 자리에 오른 이들은 모두 큰 수레(大車)가 맞다는 생각이 퍼뜩 들었습니다. 또 큰 수레가 되려면 도량이 넓어 이것저것 다 실을 수 있어야 하는 법이라는 생각도 함께 들었습니다. 막말로 똥이든 거름이든 가리지 않고 다 실을 수 있어야 큰 수레가 되는 법입니다. 맞습니다. 그래야 군자(君子)죠. 군자불기라고, 작은 그릇에 만족하지 말고 경계 없는 그릇이 되어 이것저것 가리지 않아야 합니다. 그래야 '땅 중에 솟은 산'이 될 수 있는 것입니다(이 글 다음에 나오는 '끝까지 마치는 것의 소중함'을 참조해주세요). 그때 그 신선한 압도감의 출처가 되었던 글을 오늘 읽습니다. 『주역』 열네번째 괘, 화천대유(火天大有), 대유괘☰☲입니다. 크게 형통하는 괘입니다.

　「단전」에서 말하기를, 대유는 부드러운 것이 존위를 얻고 크게 가운데가 되어 위와 아래가 응하기 때문에 대유라 하니, 그 덕이 강건하여 문명하고 하늘에 응하여 때에 맞춰 행하는지라, 이로써 크게 형통하니라.
　「상전」에서 말하기를, 불이 하늘 위에 있는 것이 대유이니, 군자가 이를 본받아 악을 막고 선을 선양해서 하늘을 따라 (만물의) 성명(性命)을 아름답게 이루니라.(『주역왕필주』, 132~133쪽)

『주역』의 '화천대유'는 '악을 막고 선을 선양하는' 일의 중요성을 강조합니다. 위에서 아래로, 힘으로 무엇인가를 누른다는 의미가 강해 평소 '유(柔)'와 '중(中)'을 강조해온 『주역』의 화법에서 볼 때는 다소 '강(剛)'하다는 느낌을 줍니다만 악을 막고 선을 선양하려면 어쩔 수 없는 일이기에 그럴 수밖에 없었을 것이라 생각됩니다. 한 자 한 자가 울림이 있었습니다. 높은 자리에 앉으면 누구나 이 '화천대유'를 명심하고 좋아하지 않을 수 없을 것 같았습니다.

그런데 이 '화천대유'에 아주 깜찍한 복병이 숨어 있었습니다. 그걸 오늘에야 알았습니다. 지금까지 저는 '큰 수레'는 그냥 그 규모로만 큰 수레인 줄로 알고 있었습니다. 『주역』이 즐겨 행하는 속 깊은 비유를 몰랐습니다. 그저 한 가지 교훈만 주는 것인 줄 알았습니다. 그래서 겉으로는 '울림이 크다'며 승복하는 척하면서 속으로는 은근히 그 구절을 비웃었던 것이 사실이었습니다. 그 구절을 처음 본 순간부터 그랬습니다. 무심결에 '큰 수레'를 '빈 깡통' 비슷한 의미로 받아들이고 있었습니다. '큰 수레에 짐을 실으니 먼 길을 가도 위태하지 않다'라는 글귀를 '빈 수레가 요란하여 얼마 가지 않아 바퀴살이 터질 것이다'로, 밑도 끝도 없는 심술로 해석하고 있었던 것입니다(물론 그 사무실의 주인과는 전혀 관계없는 망상이었습니다). 그 글귀가 『주역』에 나오는 말이라는 걸 알고서도 막무가내, 그런 염이 치고 올라오는 것을 막을 수가 없었습니다. 급기야는 『주역』 역시 그런 빈 깡통들이 좋아하는 '오래된 빈 깡통 모음'이지 않겠는가 하는 망발까지 들 지경이었습니다. 그런데 오늘 보니 그게 아니란 걸 새삼 알겠습니다. 『주역』은 역시 『주역』이었습니다.

구이(九二)는 큰 수레로써 실음이니 갈 바를 두어 허물이 없느니라. 강건하지만 중용을 어기지 아니하였으니 오효에 의해 신임을 받는다. 임무가 무거우나 위태롭지 아니하고, 갈 길이 멀지만 막히지 아니하므로 갈 만하며 허물은 없다.

「상전」에서 말하기를, '대거이재(大車以載)'는 가운데에 쌓아서 실패하지 않음이라(象曰 大車以載 積中不敗也).(『주역왕필주』, 134~135쪽)

복병은 '적중불패(積中不敗)'였습니다. 수레가 아무리 커도 가운데 싣지 않으면 실패한다는 것, '큰 수레'는 외견상의 크기로, 그 적재량으로 따지는 것이 아니었습니다. 짐을 가운데 실어 위태롭지 않은 수레가 '큰 수레'였습니다. 역시 『주역』의 언어, 『주역』의 화법이었습니다. 그걸 알 리 없었던 저로서는 그저 생각의 빈 깡통만 두드리고 다녔던 것입니다. '대거이재

(大車以載)'를 바로 알았다면 '큰 수레'를 '빈 깡통'으로 읽는 어이없는 실수 같은 것은 애초에 하지 않았을 것입니다. 그 글귀를 만나던 당시 저의 삶이 '끝이 허무한' 모양새를 보인 것도 결국은 그런 무식과 무지 때문이었습니다. 그 글귀만 제대로 읽어낼 수 있는 깜냥만 되었어도 그렇게 '적중(積中)'에 실패하지는 않았을 것입니다. 인정(人情)을 도외시하고 '악을 막고 선을 선양하는' 자기 생각에만 골몰해서 일을 그르치는 일은 없었을 것입니다. '화천(火天)'은 항상 '유(柔)'와 '중(中)'과 함께해야 했는데 그러질 못했습니다. 사냥터에서는 한쪽을 터서 품으로 뛰어드는 짐승은 살려주어야 했습니다.『주역』에서 말하는 '삼구(三驅)의 예'를 취해야 했습니다. 그런데 그렇게 하지 못했습니다. 끝을 열어둘 생각은 하지 못하고 어떻게든 끝을 보려 했습니다. 그렇게 빈 깡통으로, 빈 수레로 살아왔습니다. 모든 것이 어질러진 뒤에, 이제 와서『주역』이 제대로 가르쳐주네요. '대거이재'는 다름 아닌 '적중불패'라고요. 정말이지 유구무언, 할 말이 없습니다.

끝까지 마치는 것의
소중함

군자유종(君子有終)

며칠 전부터 고흐의 자서전을 읽고 있습니다. 학창 시절, 고흐의 그림을 보면서 "예술은 인생에 대한 과장된 느낌이다"라는 말을 비로소 이해했습니다. 예술가는 자신의 감각을 최대한 열어서 세상이 보여주는 최대치를 잡아내는 사람이라고 생각했습니다. 이번에 고흐의 자서전을 읽으며, "예술가는 자신의 모든 것을 세상을 향해 내던져야 한다"는 것을 배웠습니다 (『달과 6펜스』에서 묘사된 고갱도 그랬습니다). 고흐 자서전을 읽으면서 화가의 육성으로 묘사된 '세상을 향해 던지는 삶'을 봤습니다.

또 하나가 더 있습니다. "예술가는 자신을 몰라야 한다"는 교훈입니다. 예술가는 죽을 때까지 자신을 몰라야 합니다. 그래야 오래 지속되는 '경이(驚異)'를 만들어낼 수 있습니다. 자서전에서, 몽티셀리와 자신을 비교하는 고흐를 보면서 그런 가르침을 받았습니다. 몽티셀리가 누군지 저는 몰랐습니다. 나중에야 그가 고호의 화풍에 영향을 미친 당대의 프랑스 화가라는 것을 알았습니다. 그림도 처음 봤습니다. 그의 그림은 고호의 것에 비교될 정도의 수준은 전혀 아니었습니다. 색도 어둡고, 위대한 작가가 보여주는 '세상의 경이로움'이라는 것이 없었습니다. 모르겠습니다. 그저 색다른 '표현'은 있었는지도 모르겠습니다. 만약 고호가 나오지 않았다면 그의 그림이 '표현'을 넘어서는 '경이'로까지 인정받았을 수도 있었을지 모르겠습니다. 예술도 인간이 하는 일인지라 상대적 평가의 굴레에서 마냥 자유롭지는 못합니다. 어쨌든 고호가 나오면서 그의 그림은 '경이'가 될 기회를 영영 잃고 말았습니다. 물론 '표현'이니 '경이'니 하는 것은 순전히 저의 단순무식한 소감을 드러내는 단어들입니다. 그런데도 고호는 그에 비견될 때 자신은 고작 구두 수선공에 불과하다고 말합니다. 자기 자신을 몰라도 너무 모르고 있었습니다.

또 하나는 잡지 『메르퀴르 드 프랑스』에 알베르 오리에라는 평론가가 제 그림에 대해 쓴 평론이 동봉되어 있었습니다. 정말 뜻밖이었습니다. 작년에 네덜란드 신문에 실렸던 이사크손 씨의 글에 이어 두번째 평론이었습니다. 더구나 네덜란드가 아닌 이곳 프랑스 파리의 주요 미술 잡지에 장문의 평론이 실린 것입니다. 내로라 하는 화가들을 모두 제치고 저에 관한 글이 실렸다는 게 정말 믿기 힘들었습니다. 더군다나 간단한 논평이 아니고 저를 속속들이 분석한 진지한 글이었습니다. 빈센트 반 고흐는 자연과 더불어 살며 팔레트에서 기쁨을 창조하는 위대한 예술가라고 서두를 시작했습니다. 그리고 빈센트는 이상향의 나라를 믿음과 사랑으로 이 땅에 만들려고 하는 꿈의 소유자라고 표현했습니다. 또한 표현 방법에서는 용광로에서 녹아내리는 현란한 보석들의 용액을 화판에 부어내는 몽티셀리의 그것보다 더 화려하고 더 완벽하다는 내용이었습니다.

이 평론은 저에게는 큰 충격이었습니다. 열심히 하다 보면 어디선가 이해하고 받아주는 사람이 있다는 확증이었기 때문입니다. 그러나 지나친 과장은 싫었습니다. 자신이 아닌 제삼자를 완벽하게 비평할 수는 없는 것이기에 어쩔 수 없었겠지요. 제 그림과 몽티셀리를 비교한 부분에서 그의 보는 눈에 한계가 있다는 느낌을 받았습니다. 저와 몽티셀리는 비교의 대상이 아닙니다. 저는 그를 따르는 보잘것없는 제자에 지나지 않습니다. 몽티셀리는 색을 이용하여 아름다운 음률을 화판에 그리는 시인이며 창조자입니다. 제가 그렇게 되려면 색의 음악가가 되어야 합니다. 그러나 불행하게도 저는 아직 구두 수선공에 불과합니다. 어쨌든 저도 평범한 속물이기에 칭찬이 그리 싫지는 않았습니다.[12]

반 고흐는 선보다는 색채를 중시한 몽티셀리를 들라크루아

12 민길호, 『빈센트 반 고흐, 내 영혼의 자서전』, 학고재, 2000, 243쪽.

의 정신을 계승한 색채의 대가로 생각했습니다. 반 고흐는 특히 몽티셀리의 정물화에 영향을 받았다고 합니다. 반 고흐는 몽티셀리의 화풍을 수용해 화병에 꽂힌 꽃들을 그리기 시작했습니다. "해바라기는 빨리 시들어버리기 때문에 나는 매일 아침 일찍부터 황혼이 올 무렵까지 해바라기를 그린다"라고 그 시절의 고흐는 말합니다. 해바라기의 노란색은 반 고흐가 좋아한 색이었습니다. 그것이 태양의 빛깔을 닮았다고 여겼기 때문입니다. 반 고흐 특유의 임파스토(impasto, 유화 물감을 두껍게 칠하여 그림을 그리는 것을 이르는 말) 기법은 그림 속의 꽃들에 실제 꽃들처럼 생생한 질감을 부여하기 위한 수단이었습니다.(인터넷 블로그, 「그림과 사람들」 참조)

지금 우리 입장에서는, 고흐가 몽티셀리에게서 임파스토 기법을 배웠다는 것은 그리 중요하지 않습니다. 우리에게는 고흐의 '경이'만 소중할 뿐입니다. 그러나 고흐는 자신이 '경이'라는 것을 몰랐습니다. 자신에게서 '예술'이 산출된다는 것을 경이롭게 여겼습니다. 그의 그런 '무지'가 미지의 세계에 대한 그의 '나아가는 발걸음'을 독려하였습니다. 그래서 그는 죽어 백이십 년 뒤에도 이렇게 한 족포(族包) 글쓰기꾼의 화두가 되고 있는 것일 겁니다. 그가 만약 스스로를 미리 알았더라면 어땠을까요. 또 한 사람의 몽티셀리로 남지는 않았을까요?

고흐를 생각하면 우리 문단의 작은 거인 이성복 선생이 생각납니다. 그 이유는 잘 모르겠습니다. 저희 또래들에게는 '이성복'은 하나의 작은 신화였습니다. 프랑스제 딥블루 빛깔의 롱코트를 입고 나타난 이성복은 제게는 거의 '어린 왕자' 수준이었습니다. 아마 어린 왕자가 장성한 모습이 저런 모습일 것이다, 대구 동부주차장 근처 지하 다방에서 서울에서 내려온 시인 박남철, 평론가 이남호와 함께 그를 초대면하면서 저는 그렇게 생각했습니다. 그의 시가 있어서 우리 영혼은 한때 너무 행복했습니다. 그와 함께하는 세상은, 시가 되는 그의 욕설로도 더욱 아름다웠습니다. 고흐의 작품을 소재로 한, Starry, starry night…… 돈 맥클린의 노래 「빈센트」의 감미로움과 흡사했던 것 같기도 합니다. 그 시인 이성복과 같은 과에서 근무하는 고등학교 동기가 한 명 있었습니다. 우연히 그를 만난 자리에서 그 사실을 확인하고 제가 그랬습니다. "그가 있어서 우리는 행복했다. 나는 그의 신발끈을 맬 수만 있어도 행복하겠다." 그러자 그 친구가 깜짝 놀란 표정을 지었습니다. 그 친구의 말이 참 재미있었습니다. "문학하는 것들은 참……"이었습니다. 알고 보니 그 친구에게 시인 이성복이 저를 두고 그 비슷한 말을 했더라는 것이었습니다. 자기는 그냥 어떻게 하다 보니 시인이 된 사람이지만 누구는 문단에서 인정하는 큰 상을 받고 나온 이라고요. 그리고 자기는 꿈도 꾸지 못할 긴 글, 그 대단한 '소설'을 쓰는 사람이라고요. 물론 같은 지역에 거주

하는 후배에 대한 따뜻한 격려의 말씀이란 걸 모를 리 없겠습니다만, 그 말을 전해 들으니 저는 또 황홀하기 그지없었습니다. 우리가 누구를 사랑할 때도 아마 그럴 겁니다. 자기를 모르고, 사랑의 대상만 크게 보일 뿐입니다. 젊은 날의 한 행복한 추억이었습니다.

"많은 사람들이 천화동인이나 화천대유를 좋은 괘라고 생각하는데 사실 『주역』에서 가장 좋은 괘는 지산겸(地山謙)이다." 그런 이야기를 얼마 전에 어느 지면에서 본 적이 있습니다. 저역시 그렇게 여기고 있었던 터라 크게 공감했습니다. 한때 직장에서 명퇴할 것을 심각하게 고려한 적이 있었습니다. 이것저것 들고픈 이유는 몇 가지 있겠습니다만, 가장 큰 것은 갑자기 폐렴에 걸려 본의 아니게 얼핏 볼 수 있었던 '삶의 끝부분'입니다. 온몸에 통증이 오고 열흘 남짓 아무것도 목구멍으로 넘기지 못하고 고통스러운 탈진 상태를 경험하면서 '이렇게 죽는구나'라는 생각이 들었습니다. '끝'이 저만치서 저를 기다리고 있는 느낌이었습니다. 심리적으로도 일종의 멘탈 붕괴 현상이 닥쳤습니다. 일종의 가사 상태에 빠진 느낌이었습니다. 삶의 의욕이 완전히 사라졌습니다. 그런 일은 처음이라 큰 충격을 받았습니다. 다행히 고비를 넘기고 회복은 했습니다만 그때만 생각하면 지금도 아찔합니다. 평소 저와는 농담을 즐기지 않는 주치의 선생님도 "조금만 늦었어도 죽을 뻔했다"는 말씀을 공공연히 하실 정도니 저만의 엄살은 아니겠죠? 주치의 선생님의 소개로 큰 의원급 병원(한 군데는 영상의학 전문)을 두 군데 거쳐서 대학병원 호흡기센터에 가서야 최종적으로 완치할 수 있었습니다. 그런 전혀 예기치 못했던 상황을 거치면서 이제 건강이나 챙기면서 조용히 일생을 정리하고픈 마음이 들었습니다. 주위에서 반대하는 이가 많아서 정년 때까지 주저앉고 말았습니다만 그때의 심정적 동요가 지금도 생생한 기억으로 남아 있습니다.

그런 경험 때문인지, 『주역』에서 강조하는 '끝까지 마치기'가 유난히 심금을 울립니다. 『주역』에서는 '군자유종(君子有終)'이 삶의 최종 목표가 되어야 한다고 타이릅니다. 마음에 새겨야 될 말씀입니다. 좋은 끝, 유종의 미를 거두기 위해서 가급적이면 이해를 다투는 세상사에 관여하지 말고 '죽을 때 후회되지 않을 일들'만 고르고 골라서 신중하게 처리해야 되겠다는 생각이 듭니다. 힘닿는 대로 남 도울 일을 찾고, 가르치는 제자들에게는 좀 더 살갑고 성의 있게 대하고, 누구나 읽을 만한 좋은 글을 쓸 수 있도록 최선을 다해야겠다고 다짐해봅니다. 가외로 하나 더 추가하자면 후학이나 후손 중에서 부지불식간에 '나쁜 물'에 감염된 사람이 있으면 거기서 나오도록 권면하는 일도 게을리하지 말아야겠습니다. 처음에는 꽤 반듯한 이였는데 흙탕물에서 몇 년 뒹굴더니 보기에 딱할 정도로 오염된 삶을 사는 이를 간혹 봅니다. '나쁜 물'이 더 깊이 스며들지 못하도록 때로는 싫은 소리도 아끼지 말아야 할 것 같습니다. 제가 그릇되게 살지 않는다면 그들도 나중에 선배가 되어 저를 이해할 것이라 여깁니다. 그렇게 또 나서다가 군자유종을 어디서 찾겠나 싶기도 합니다만, 어차피 '유(柔)'와 '중(中)'은 제 소관이 아닌 것 같습니다. 타고나기를 그렇게 타고났으니까요. 『주역』에서 강조하는 '겸(謙)'은 더더욱 아닐 거고요.

> 겸(謙)은 형통하니 군자가 (자신의 지위를 끝까지) 마치니라(謙亨君子有終).
> 「단전」에서 말하기를, 겸손이 형통한 것은 천도(天道)가 아래로 건너서 광명하고 지도(地道)가 낮은 데에서 위로 행함이라, 천도는 가득 찬 것을 이지러지게 하여 겸손한 데에 더하고, 지도는 가득 찬 것을 바꿔서 겸손한 데로 흐르며, 귀신은 가득 찬 것을 해쳐서 겸손한 데에 복을 주고, 인도는 찬 것을 미워하며 겸손한 것을 좋아하니(人道惡盈而好謙), 겸은 높아도 빛나고 낮아도 넘을 수 없으니 군자의 마침이라.(『주역왕필주』, 139쪽)

『주역』 열다섯번째 괘는 지산겸(地山謙), 겸괘☶☷입니다. '땅 가운데 산이 있는' 형상으로 군자가 이를 본받아 많은 데를 덜어 적은 데에 더하여 사물을 알맞게 하는 덕을 강조합니다. 구삼(九三)을 제외하고는 다 음효입니다. 「단전」의 해설이 재미 있습니다. 천도, 지도, 귀신, 인도가 각각 가득 찬 것(盈)을 훼 손하고, 변케 하고, 해하고, 미워해서 겸(謙)을 돕는다는 표현 이 과연 『주역』다운 말입니다. 인간이 도움을 줄 수 있는 일이 라고는 오직 미워해서 그를 겸손하게 하는 일뿐이라고 말하고 있는 것이 참 재미있습니다.

얼마 전, 존경하는 선배님 한 분과 오랜만에 조우한 적이 있 습니다. 반갑게 맞아주셔서 너무 고마웠습니다. 그 선배가 한 때 '밖에 뜻을 두고' 있을 때 제가 나서서 도와드리지 못한 것 이 늘 송구스러웠습니다. 그 선배는 누가 봐도 '겸(謙)'하여 '인덕 있는 자'로 인도(人道)의 인정을 득할 수 있었는데도 그 나머지 것들(천, 지, 귀)의 직무유기로 땅 위에 솟은 높은 산이 되지 못했습니다. '사물을 알맞게 하고 덕을 고르게 베풀' 기회 를 가지지 못했습니다. 두고두고 아쉬운 대목입니다. 『주역』에 서 천도, 지도, 귀신을 들어 인도의 앞에 둔 것을 비로소 이해 하겠습니다. 다만, 겸(謙)하면 그렇게 다 돕는 것으로 알고 있 는데, 그 선배를 보면, 그렇지 않은 경우도 있는 것 같아서 천 도무친(天道無親)을 실감하는 중입니다.

모르겠습니다. 지금 생각하니 '천, 지, 귀의 직무유기'는 있 을 수 없는 일인지도 모르겠습니다. 이미 '나쁜 물'이 잔뜩 든 세상에서는 그것들과 거리를 둘 수 있도록 '가득 찬 것을 이지

러지게 하고, 변케 하고, 해치고, 미워하는' 게 진정으로 도와
주는 일일지도 모르겠습니다. 그 선배가 정중하게 도움을 요
청했을 때 제가 그와 유사한 뜻을 전하며 사양했던 게 생각납
니다. 그 선배 대신에 '지중산(地中山)'이 된 사람이 겸(謙)하
지 못한 처신으로 '군자유종'하지 못하고 있는 형국이라 더 그
런지 모르겠습니다. '유종(有終)'은 그야말로 죽을 때가 되어
야 알 수 있는 일인 것 같습니다.

고질병을
얻었으나

천장지구(天長地久)

천장지구(天長地久)라는 말이 있습니다. 『노자(도덕경)』에
나오는 말인데 백낙천(백거이, 772~846)에 의해서 한 번 그
뜻이 뒤집어진 이후로는 본래 뜻보다는 백낙천이 사용한 뜻으
로 더 많이 사용됩니다. 우리에게는 홍콩배우 유덕화, 오천련
이 열연한 영화「천장지구」이후로 많이 알려진 말입니다. 처
음 이 말을 대하시는 분들을 위해서 그 내력을 조금 소개하겠
습니다.

"하늘과 땅은 영원무궁하다. 하늘과 땅이 장구할 수 있는 까닭
은 스스로를 위해 살지 않기 때문에 그렇게 장생할 수 있는 것이다.
이런 까닭에 성인은 자신을 남보다 뒤로 돌림으로써 남보다 앞에
나설 수 있게 되고, 자신을 잊고 남을 위함으로써 자신이 존재하게

된다. 이는 무사(無私)하기 때문이 아니겠는가? 그러므로 자신이 영원하고 완전한 존재로 이루어지게 되는 것이다(天長地久. 天地所以能長且久者, 以其不自生, 故能長生. 是以聖人後其身而身先, 外其身而身存. 非以其無私耶. 故能成其私)."

이 말은 『노자』제7장에 나오는데, 여기에 나오는 '천장지구'는 성인을 비유하는 말이었다. 그런데 이 말이 하늘과 땅만큼 오래가고 영원히 변치 않는 애정을 비유하는 말로 쓰이게 된 것은 백거이(白居易)의 「장한가(長恨歌)」에서 유래한다.

칠월칠석 장생전에서(七月七日長生殿)

깊은 밤 남몰래 속삭인 말(夜半無人私語時)

하늘에서는 비익조가 되고(在天願作比翼鳥)

땅에서는 연리지가 되자(在地願爲連理枝)

장구한 천지도 다할 때가 있지만(天長地久有時盡)

이 한은 면면히 끊일 날 없으리라(此恨綿綿無絶期)

「장한가」는 120구, 840자로 이루어진, 당현종(唐玄宗)과 양귀비(楊貴妃)의 슬프도록 아름다운 사랑 이야기이다. 위에 예로 든 부분은 선녀가 된 양귀비가 도사에게 이야기해준, 천보(天寶) 10년(751) 칠월칠석에 현종과 양귀비가 화청궁(華淸宮)에 거동하여 노닐며 장생전에서 나눈 사랑의 맹약 부분이다. "장구한 천지도 다할 때가 있지만 이 한은 면면히 끊일 날 없으리라"라는 구절에서 영원히 변치 않는 애정을 비유하는 말인 '천장지구'가 유래했다. 「장한가」는 수많은 사람들에게 애창되었으며, 시가와 소설과 희곡으로 윤색되는 등, 중국 문학에 많은 제재를 제공했다.(다음 고사성어 대사전)

노자는 '무사(無私)'하여 '천장지구'의 경지에 드는 것을 바람직한 삶의 태도로 강조하지만 백낙천은 "그렇게 심심하게, 도나 닦으며, 마르고 닳도록 오래 살면 뭐 하나?"라고 코웃음을 칩니다. "끝이 없다고? 인간사에서 끝없는 것이 어디 있겠나? 있다면 오직 변치 않는 사랑뿐이지"라고 '인간'을 앞세웁니다. 행여 날마다 천둥이 치고 벼락이 떨어진다 해도 인간은 인간을 사랑해야지 그것 이외를 생각해서는 '말짱 도루묵'이라고 시인은 일갈합니다. 성인이 되는 일도 중하지만 그것보다 사람을 사랑하는 일이 더 중하다고 시인은 노래합니다.

『주역』을 읽는 일도 마찬가지일 것 같습니다. 『주역』은 모든 점복서들이 그러하듯이 '적게 말하고 많은 것을 일깨우는' 화법을 씁니다. 마치 시가 하는 일과 매우 흡사한 일을 합니다. "시는 애매해야 한다"라고 어느 시인이 말하는 걸 들은 적이 있습니다. 효용론적 측면에서 보면 타당한 이야기입니다. 사람

마다 취할 수 있는 의미와 감동이 다 다를 수 있기 때문입니다. 물론 모든 시인들이 시를 지을 때 꼭 그런 효과를 노리는 것은 아니겠습니다. 시인 자신에게도 애매한 정서가 시작(詩作)의 동인이 될 때만 그럴 것입니다. 다만 독자 입장에서는 좀 다릅니다. 시를 읽든 점복서를 읽든 내게 필요한 것 하나만 절실하게 알아들을 수 있다면 대만족입니다. 어차피 그런 것들은 '적게 말하고 많이 들려주는 말'이니까 이것저것, 이놈 저놈의 말에 혹해서 굳이 동분서주할 필요가 없습니다. 그렇게 우왕좌왕하면서 바삐 따라다니다 보면 어느새 동창은 밝고 노고지리는 우짖어 책을 덮어야 할 때가 옵니다. 인생만사 주경야독이니 어쩔 수 없습니다. 시간을 아껴야지요. 평생 책만 들고 살 수는 없는 일 아니겠습니까? 논밭도 갈아야 합니다. 그러니 내 삶의 맥락(콘텍스트) 안에 책(텍스트)을 넣고 집중해서 '한 소식'을 들으려고 노력해야 책 읽는 보람이 생깁니다.

육오(六五)는 바로 고질병을 얻었으나 오래도록 죽지 아니하도다(六五 貞疾 恒不死). 사효(四爻, 양효)는 강하게 동함으로 예괘(豫卦)의 주가 된다. 전권을 쥐고 마음대로 하니 오효가 타고 부릴 수가 없다. 그러므로 감히 사효와 권세를 다투지 아니하고, 가운데에 거하고 존위에 처해서 아직 망하지는 않은 상태이다. 이 때문에 (九四의 침해를 받아) 바로 고질병이 있으나 오래도록 죽지 않

는다.(『주역왕필주』, 149쪽)

　『주역』 열여섯번째 뇌지예(雷地豫), 예괘☰☰에서는 육오(六五) 효사(爻辭)가 심금을 울립니다. 육효 중에 구사(九四) 하나만 양효입니다. 그 위의 육오가 "고질병을 얻었으나 오래도록 죽지 아니한다(貞疾 恒不死)"는 말이 심금을 울립니다. 어제도 위장에 탈이 나서 하루 종일 막혀서 지냈습니다. 금년 들어 두번째입니다. 이번에는 병원에 가지 않았습니다. 상비약을 털어 넣고 마음을 가라앉히기에 노력했습니다. 덕분에 하루 동안 꼬박 속을 비울 수 있었습니다. 아침에 일어나니 오히려 정신이 상쾌합니다. 몸이 정신을 인도함이 그와 같아서 매번 고마움을 느낍니다. 앞에서 직장에서 남들을 괴롭히는 소귀(少鬼)들 이야기를 한 적이 있었습니다. 소귀보다 더한 자가 악귀(惡鬼)겠지요. 악귀 정도는 되어야 이 괘에서 말하는 구사(九四) 노릇을 할 수 있습니다. 제게도 어른이 된 뒤 줄곧 악귀가 하나 따라다닙니다. 때로는 식탐이 때로는 물욕이 때로는 감투욕이 때로는 악연이 구사(악귀)가 되어 저를 괴롭힙니다. 어제 일을 상고하니 식탐과 악연이 합작한 것 같습니다. 그들이 제게 모종의 경고를 보낸 듯합니다. 아직도 자기를 비위내고 타인을 사랑함이 많이 부족함을 가르쳐주려 했던 것 같습니다. 음식을 탐하는 것과 남을 원망하는 것이 둘이 아님을 알아야 했습니다. 결국 그것들은 하나입니다. '막히게 하는 것들'로 하나입니다. 이제 막혀서 죽을 고비를 넘기면서 그것을 알겠습니다. 알고 나니 그것들이 육오(六五)의 '가운데 거함'을 돕습니다. 은인자중을 독려합니다. 언젠가 미꾸라지 사는 곳에 메기 한 마리를 풀어두면 미꾸라지들이 건강하게 자란다는 말을 들은 적이 있습니다. 그 이치와 비슷하다고나 할까요? 동분서주하는 메기들 덕분에 시골 논의 미꾸라지 신세긴하지만 여태 죽지 않고 오래 버티는 모양입니다. 고질병을 얻어 오래도록 죽지 아니함을 감사히 여깁니다.

천하에
보여지는 자

교검지애(交劍知愛)

요즘 한번씩 유튜브를 찾아봅니다. '불후의 명곡'도 보고 '고수를 찾아서'도 보고, '건축탐구 집'도 보고 젊은 변호사들의 명랑한 직업 이야기도 즐겨 봅니다. 아버지가 한국계 입양아인 귀여운 남매 가수 'Isaac et Nora'의 상큼한 연주와 노래도 종종 듣습니다. 열 살짜리 노라가 부르는 「스무 살(이십 년, Veinte anos)」이 또 다른 감흥을 전달합니다. "지나간 사랑은 기억하지 않는 법, 인생의 환상이었던 거지……" 옛날 부에나비스타 소셜 클럽의 그것과는 느낌이 또 다릅니다. 미래가 부르는 과거 노래여서인지 더 애틋하고 짠합니다. 완전히 다른 노래입니다. 문자 그대로 '동명이인'을 보는 느낌입니다. 인생의 말미에서 스무 살 때를 뒤돌아본다는 것이 얼마나 애잔한 일인지 어린 가객은 모릅니다. 그저 신기하고 두렵고 가슴 뛰는 일로만 여깁니다. 한번씩 방문을 꼭 닫고 볼륨을 크게 해서 듣곤 합니다. 최근에는 젊은 택견 무예자가 강호의 고수들을 찾아다니는

'무자수행(武者修行)'을 몇 편 봤습니다. 신체 부상까지 마다하지 않고 자신의 기량을 높이기 위해서 고난을 무릅쓰는 젊은 무자의 불같은 의지와 열정, 그리고 그가 만나서 배우는 무림 고수들의 절정 무예들이 보기에 좋았습니다. 무엇을 하든, 열심히 사는 사람들의 모습은 언제나 보기가 좋습니다.

저도 아마추어이긴 하나 수십 년간 무도인의 길을 걸어왔습니다. 열심히 한다고 했지만 타고나기를 '복부(腹部)형 인간'으로 태어나서인지 큰 성취는 보지 못하였습니다. 몸이 굼뜨고 팔다리가 약해서 늘 부상을 달고 삽니다. 그렇다고 타고난 복부형 인생을 늘 원망만 하는 것은 아닙니다. 아프리카의 어느 부족들은 "배로 생각한다"는 믿음을 가지고 있다고 합니다. 희로애락의 감정도 모두 배에 담겨 있다고 여긴다고 합니다. 저도 요즘 그들과 비슷하다는 느낌이 종종 듭니다. 그날그날의 복부 상태에 늘 유의합니다. 모든 것이 '복부 컨디션'에 좌우됩니다. 배가 가벼우면 그날 운동이 잘 풀립니다. 몸도 쑥쑥 잘 들어가고 탄력감 있게 칼도 나갑니다. 그쪽이 불편하면 그런 게 애초에 안 됩니다. 몸에 힘이 들어가서 칼도 무뎌지고 심리적으로도 안정감을 잃어서 부상을 입을 때가 많습니다. 당연히 교검지애(交劍知愛, 칼을 서로 주고받으며 사랑을 안다)가 잘되지 않습니다.

그래서 궁여지책으로 마련한 좌우명이 있습니다. '보기 좋은 검도를 하자'를 매일 같이 되뇌고 있습니다. 스스로에게도 다짐하고 도반들에게도 강조합니다. 승부에만 집착하다 보면 완력도 나오고 막칼도 나오기도 합니다. 그러면 보기 흉할 수밖에 없습니다. 보기 흉하면 몸과 마음을 다칩니다. 늘 듣는 바대로 '일안(一眼), 이족(二足), 삼담(三膽), 사력(四力)'을 명확하게 지키고, 행여 기세가 눌리더라도 '경구의혹(驚懼疑惑)'에 빠져서 허둥대지 말자고(맞고 때리는 데 연연하지 말고 평정심을 유지하기에 힘쓰자고) 틈만 나면 말합니다. 목표물을 내 시야 안에 두고 언제든지 선제(先制)로 그것을 타격하는 것도 중요하지만 조급함을 이기려는 마음가짐과 자세를 다듬는 노력도 그에 못지않게 중요하다고 말합니다. 제가 해보니까 그렇게 하는 것이 좋은 것을 오래, 재미있게 하는 첩경인 것 같았습니다.

무도 수련에서 흔히 선결 과제로 여기는 '보기'와 관련해서는 관(觀)의 보기와 견(見)의 보기를 자주 이야기합니다. '관견'에 대해서는 여러 가르침이 있습니다. 숲을 보는 것과 나무를 보는 것의 차이라고 설명하는 이도 있고, 심리적, 기세적 차원에서 마음(心眼)으로 상대를 보는 것과 육안(肉眼)으로 상대의 동작을 세밀하게 체크하는 것의 차이로 설명하는 이도 있습니다. 상대의 움직임을 거시적으로 파악하는 것은 '관', 상대의 한 동작 한 동작을 미시적으로 파악하는 것은 '견'이라고 말하기도 합니다. 저는 스스로를 환경의 일부로 두고 전체적으로 통찰하는 것을 관 (물아일체), 상대의 동작 하나하나를 객관적으로 살피는 것을 견(격물치지)으로 보고 싶습니다.

모든 무도는 상대를 제압하는 것을 최종 목표로 하고 있습니다. 상대를 제압하려면 우선 내 기량이 상대보다 뛰어나야 하겠지만 상대와 내가 공유하고 있는 '대결의 환경'에 대한 이해도 필수적입니다. 그 모든 것을 다 살펴서 내게 유리한 입지를 찾는 것이 관의 보기라고 저는 생각합니다. 그리고 결정적으로 상대에게 내 무력을 행사할 때는 상대의 허를 정확하게 찾아내야 하는데 그것을 찾는 노력이 견의 보기라고 생각합니다. 관과 견이 상호텍스트적으로 원활하게 상호작용하면서 내 칼에 반영될 때 '보기 좋은 검도'가 될 확률이 훨씬 높아질 것으로 생각합니다.

오늘 『주역』스무번째 괘인 풍지관(風地觀), 관괘(觀卦)☷☴를 보며 그동안의 제 생각을 다시 한번 다듬는 계기를 만납니다. 『주역』에서는 '보이는 것을 보라'고 강조합니다. 상대만 볼 것이 아니라 자기 자신을 보는 노력, 상대에게 자기가 어떻게 보이는지를 보는 노력을 게을리하지 말아야 한다는 뜻입니다.

구오는 나의 움직임을 보되 군자면 허물이 없으리라(九五觀我生 君子无咎).

상구는 그 움직임이 보여지되 군자면 허물이 없으리라(上九觀其

生君子无咎).

　*'관아생'은 스스로 자신의 도를 보는 것이요, '관기생'은 백성
에 보여지는 것이다. 자리에 있지 아니하고 가장 위의 끝에 처하
여 고상한 뜻을 가지니 천하에 보여지는 자이다. 천하에 보여지
는 곳에 처하니 삼가지 않을 수 있겠는가? 그러므로 군자의 덕이
드러나야 허물이 없다. 생(生)은 움직여나가는 것이다.(『주역왕필
주』, 175쪽)

'관아생', '관기생', 그 두 개의 '관(觀)'을 통해 스스로 허물
없기를 노력하는 것이 군자의 도리라는 말씀입니다. 그렇게 쉼
없이 움직여 나가야 생(生)이라 할 수 있다는 것입니다(또 한
번 느낍니다.『주역』안에 모든 것이 다 들어 있습니다). 한 사
람에게 보여지는 것이 곧 천하에 보여지는 것입니다. 자칫 잘
못하면 도(道)의 본질을 벗어나 승부나 완력의 유혹에 빠지기
쉬운 것이 무도 수련입니다. 맞으면 갚아주고 싶고, 여럿이 모
이면 남들보다 앞자리에 앉고 싶고, 앞자리를 차지하면 가르
치고 싶은 것이 인간의 본성입니다. 그것을 넘어서는 게 무도
의 본질일 것입니다.

　스스로 보고, 또 보여지는 자로서의 삶과 관련해서 한마디만
덧붙이겠습니다. 인간은 내향형(內向型)과 외향형(外向型)으
로 나누어진다고 칼 융이 말했습니다. 자기 고집으로 사는 이

(내향형)와 외부 권위에 의존하는 이(외향형)로 나눌 수 있다는 것입니다. 내향형을 흔히 내성적인 성격과 혼동하는 경우가 많습니다. 그러나 내성적인 것과 내향적인 것은 많이 다릅니다. 생각이 많은 것과 고집이 센 것은 다릅니다. 생각 없이 고집만 부리는 이도 내향형 인물 중에서 나옵니다. 외향형 인간을 사회성 좋은 성격으로 간주하는 경우도 있습니다. 그것도 맞는 말이 아닙니다. 외향형이면서 독거형인 경우도 많으니까요. 이런 외향형 독거인물들은 자기가 선호하는 신문이나 방송에서 제공하는 정보를 맹신합니다. 외향형 인간은 의식적 주체가 스스로 의견과 판단을 생성시키는 힘이 결여된 상태입니다. 이런 성격 유형들은 스스로 의견이나 판단을 만드는 대신 늘 밖에서 자기 대신 의견을 내고 판단을 해주는 '절대적 권위'를 찾아 헤맵니다. 생각 밖으로(어쩌면 그렇기 때문인지도 모르겠습니다만), 이 스타일이 정치적 인간 중에 많습니다. 성공하는 경우도 많고요. 『삼국지』에 나오는 유비와 제갈공명을 생각하시면 되겠습니다. 이를테면 제갈공명은 유비가 찾은 '절대적인 판단의 대행자'입니다. 정치인들이 점을 많이 보고 무속이나 풍수에 민감하다는 말을 자주 듣습니다. 그런 경우는 자신이 선택한 판단의 대행자(의 결정)를 '신비의 대행자'에게 조회해보는 것이 되겠습니다.

저는 그렇게 인간을 '안팎의 어느 한 곳에 소속된 자'로 나누는 설명법을 좋아하지 않습니다. 그런 분류는 '보이는 것' 하나에 의존하는 설명법인 것 같기 때문입니다. 사람은 그렇게 보이는 대로 일목요연하게 나누어지는 존재가 아니라고 생각합니다. 굳이 둘로 나누고 싶으면 그런 분류보다는 종합적인 생활 태도를 기준으로 해서 소귀(小鬼) 인간과 돌다리(石橋) 인간으로 나누고 싶습니다. 소귀 인간들은 조금도 양보를 모르고, 조금도 자기 불편을 견디지 못하고, 한번 상처 입으면 도통 잊지 못하고, 틈만 있으면 질투하고, 물질(욕구)에 집착하고, 언제나 비교에 근거한 제 잇속 챙기는 일에 혈안이 되어 있는 인간들입니다. 겉으로 보기에는 음전한 것 같기도 한데 그 내부를 보면 뼛속까지 철면피의 품성이 배어 있습니다. 사람같이 살아보려고 애쓰는 사람들에게는 시냇물 속의 찰거머리나 한여름 밤의 모기떼와 같은 존재들입니다. 같이 살지만 지긋지긋한 존재들입니다. 그런 소귀 인간들은 자신이 다른 이들에게는 얼마나 큰 불운(不運)이고 불편(不便)인지를 모릅니다. 자기 때문에 얼마나 세상이 각박해지고 얼마나 많은 사람들이 불이익과 스트레스를 받는지를 통 모릅니다. 아이러니하게도 그들 스스로는 자기를 '법 없이도 살 사람', '경우에 어긋나지 않는 사람', '나설 때 정당하게 나서는 사람', '줄 건 주고 받을 건 받는 사람' 식으로 자처, 자부하는 경우가 많습니다. 스스로를 되돌아보는 시간이 아예 없거나 그런 시간이 있어도 자기애 구현의 일환으로만 그것을 사용합니다. 평판 관리도 그 자기애를 갈고닦는 데 사용할 뿐입니다(부조금 낼 때 표 나게 많이 냅니다). 그러니 산다는 것이 때로는 엄청난 행운이고 때로는 큰 희생이고 때로는 끝없는 인내라는 것을 그들이 알 까닭이 없습니다. 오직 그때그때의 '비교 우위 욕망'과 '계산된 이익'과 '나의 편리'와 그리고 '부질없는 공명심'만이 삶의 목표가 됩니다.

돌다리 인간은 그 반대편에 있는 사람들입니다. 불가에서 전하는 아난존자[阿難尊者, 부처님의 사촌 동생. 부처님이 성도하시던 날 밤에 태어났다고 하며, 스물다섯 살에 출가하여 이십오 년 동안 부처님의 시자로 있었다. 십대제자 가운데서 다문제일(多聞第一)의 총명을 지녔었다]의 '돌다리 사랑'에서 빌려온 명칭입니다.

아난이 출가하기 전 한 소녀와 사랑에 빠졌습니다. 그 소녀를 잊지 못해 고뇌하는 아난에게 부처님이 물었습니다.

"네가 그 소녀를 사랑하는 것이 어느 정도냐?"

아난이 대답했습니다.

"저는 돌다리가 되고 싶습니다.

오백 년 바람에 씻기고

오백 년 햇빛에 쬐이고

오백 년 비에 맞은 후

그녀가 저를 밟고 건너기를 원합니다."

아난은 절대적인 사랑, 절대적인 희생으로 절대적인 구원을 추구했습니다. '오백 년의 기다림'은 그 의지의 절대성을 환유하는 것이겠습니다. 물론 전하는 이야기이니까 이 대화의 실제 존재 여부는 중요치 않습니다. 그 뜻을 새기는 일이 중요하겠지요. 살다 보면 소귀들은 자주 만나지만 돌다리 인간을 만나기란 쉽지 않습니다. 그러나 한두 명의 돌다리 인간이 수백 수천의 소귀들을 물리칩니다. 눈에 잘 띄지 않지만 우리 주변에는 '아난의 돌다리'처럼 사는 사람들도 많습니다. 그런 사람들 때문에 인류가 여태 지구의 주인으로 남아 있는 것 아니겠습니까?

눈물로 탄식하고,
암소를 기르면 길하리라

곡신불사(谷神不死)

까막눈이긴 하지만 하루에 한 편씩 『주역』을 읽다 보니 한 가지는 알겠습니다. 상경(1편~30편)을 그야말로 수박 겉핥기로 읽었습니다만 "좋은 게 좋은 것이 아니고 나쁜 게 나쁜 것이 아니다"라는 교훈 하나는 분명히 얻을 수 있었습니다. 제 경험과도 일맥상통하는 면이 있어서 별다른 의심이 들지 않는 가르침입니다. 좋고 나쁨, 길과 흉은 항상 하나로 뭉쳐 다닙니다. 길흉은 때에 따라 바뀌고 주체(사람)의 공덕(功德)에 따라 바뀝니다. 그러니까 태어날 때부터 고정된 운세라는 개념도 아예 없는 것입니다. 때는 '변화'를 의미합니다. 부처님도 그렇게 말씀하셨다지요? "변치 않는 것은 모든 것이 다 변한다는 사실 하나뿐이다"라고요. 『주역』도 그런 말씀을 계속 반복해서 들려줍니다.

『주역』이 재미있는 텍스트인 이유는 또 있습니다. "유(柔)가 중정(中正)에 오도록 해서 암소를 기른다(畜牝牛)"라는 식의『주역』식 표현이 좋습니다. 뜻을 새기는 것은 누구나 할 수 있습니다. 가급적 성질 죽이고, 매사에 양보의 미덕을 발휘해서 주변을 안정시키면 복은 저절로 온다는 뜻이라는 건 누구나 알 수 있습니다.『주역』의 묘미는 그 '암소를 기른다'는 식의 상징적 표현에 있습니다. 마치『노자』의 '곡신불사(谷神不死, 계곡의 신은 죽지 않는다)'처럼 들립니다. 현빈(玄牝, 검은 암컷)을 연상시킵니다. 금방 봐서는 무슨 뜻인지 애매하기만 합니다. 살림을 풍부하게(두텁게) 하기 위해 노력하라는 뜻인지, 아니면 함께 사는 세상을 이롭게 할 궁리에 몰두하라는 권고인지, 어느 하나를 딱 집어서 말하기가 곤란합니다. 그런 애매한 울림을 통해서 뜻을 전달하는 것이 상징적 표현의 특징입니다. '암소'에도 상징적 의미가 있을 것이고 '기른다'에도 상징적 의미가 있을 겁니다. 물론 그 둘이 합쳐졌을 때 최종적으로 원하는 의미가 생산되겠지요. 그런 상징적 표현을 음미하는 일이 제게는 참 재미있습니다. 관습적으로 형성된 상징적 의미에다 제 삶의 맥락이 부여하는 개인적 소감이 합쳐져서 만들어내는 어떤 '의미적 느낌'(어느 드라마에서는 그런 것을 '느낌적 느낌'이라고도 표현하더군요)을 이리저리 굴려보는 일이 무척 재미집니다. 그런 '의미적 느낌'은 말로 표현하기가 어려울 때가 많습니다. 상징의 역할이 그런 '말로 표현하기 어려운 의미적 느낌'을 표현하는 것이니 어쩌면 당연한 일이라고 할 수도 있겠습니다만 아무래도『주역』을 만든 이들은 언어 영재임이 분명한 것 같습니다. 말이 나온 김에 언어 영재에 대해서 한 말씀 올리겠습니다.

"언어 영재라는 게 있기나 해요?"

구내식당에서 밥 먹다 그런 소리를 들은 적이 있습니다. 누구 아들이 모모한 대학의 '언어 영재반'에 들어갔다는 이야기가 나온 뒤끝이었습니다. 아마 그렇게 초를 치는 이는 '국어'나 '영어', 아니면 과거의 '수능 언어영역' 같은 데서 별다른 재미를 못 본 이였지 싶습니다. 그러자 또 누가 토를 달았습니다.

"문예창작에는 확실히 있지요."

"아, 그건 그렇지."

그러면서 슬쩍 제 쪽을 쳐다보았습니다. 제가 명색이 소설가라는 걸 안다는 투였습니다. 그런 소비적인 대화에 일일이 참여하지 않은 지가 좀 되어서 저는 묵묵히 밥만 먹었습니다. 사실, 그런 이야기는 어제오늘의 일이 아닙니다. 언어 영역이라는 것이 다른 영역에서 분리 독립이 되는 것이 아니기 때문에 (이해력과 표현력은 지능 전반에 걸쳐져 있습니다) 그것만 따로 떼어내어 가르치고 배양하기가 쉽지 않습니다. 더군다나 그것이 꽃을 피우는 게 대개의 경우 '원만한 인격과 풍부한 지식, 자신에 대한 반성 능력'이 자리 잡는 그 어떤 때이기 때문에 더 그렇습니다. 어릴 때는 단지 머리 좋은 아이의 표징만 있을 뿐이기에 언어 영재를 발견한다는 것이 사실은 불가능한 일일지도 모릅니다. 수학, 과학 잘하는 아이들이 말도 잘합니다. 그런 차원에서 언어 영재는 없다는 말도 일리가 있습니다. 다만, 이야기를 만드는 힘(서사 능력)과 유추를 통해 이해하는 힘(비유 능력), 통찰 능력 등이 어릴 때부터 특별히 탁월한 아이들을 그렇게 부를 수는 있을 겁니다.

추신수나 류현진, 김연아, 손연재와 양학선 선수 같은 친구들을 보면 운동에도 천재가 있다는 걸 새삼 느낍니다. 어디서든 그런 스포츠 천재들의 활약을 보는 것은 즐거운 일입니다. 특히 그들이 언어 영재의 면모를 보일 때는 더 대견스럽고 귀엽습니다. "저보다 더 많은 땀을 흘린 사람이 있다면 그에게 메달을 주라고 할 것입니다"라든지 "저는 리듬체조를 떠나서는 제 삶을 아무것도 기억하지 못합니다, 네 살부터 그것으로 살아왔으니까요"라든지 "비닐하우스에 살아도 가난은 부끄러운 게 아닙니다"라든지 하는 그들의 천재스러운 말들을 들을 때는 그 즐거움이 배가됩니다. 그들이 있어 세상이 즐겁습니다. 우리 곁의 천재들 없이 우리가 무슨 재주로 생의 위안을 구하고 무슨 재주로 이 문명의 열락을 누리겠습니까? 그들 천재들의 선도(先導) 없이는 우리는 그 어떠한 선진도 이룰 수가 없습니다.

천재(天才)를 천 명 중에 한 명꼴로 나는 이로 보면 천재(千

才)가 되겠고 만 명 중에 한 명 나는 것으로 보면 만재(萬才)가 되겠습니다. 이런 이름 붙이기는 물론 저의 '믿거나 말거나'식 조어법입니다. 제 생각으로는 천재(千才)나 백재(百才)는 그닥 천재다운 천재 축에 끼일 것 같지가 않습니다. 그냥 수재(秀才)라고 부르면 될 것 같습니다. 수재는 그저 놀라게 할 뿐, 경악하도록 하지 않습니다. 그들은 단지 경탄케 할 뿐입니다. '나도 저렇게 되고 싶다'라는 부러움을 살 정도지 '도저히 나는 저렇게 될 수 없을 거야'라는 절망감을 선사하는 정도는 아닙니다. 그 기준으로 볼 때, 못 되어도 만재는 되어야 두고 두고 천재 행세를 좀 할 것 같습니다. 한 해에 학교에 들어가는 학령인구가 삼십만 명 정도라고 했을 때, 저의 '믿거나 말거나'식 계산법에 따르면, 한 해에 나는 천재는 대략 삼십 명 정도일 것 같습니다. 그 이하로는 천재나 백재의 수준에서 앞서거니 뒤서거니, 그저 오십보백보일 것 같습니다. 부모나 때를 잘 만나면 조금 앞서 나가고, 그러지 못하면 조금 뒤처질 뿐입니다. 만재와는 다릅니다. 만재가 곧잘 보여주는 '세계의 자아화'가 그들 천재나 백재들에게는 '고도의 노력을 요하는' 어려운 과제일 뿐입니다.

언젠가 4학년 수업 중에 학생들에게 한번 질문한 적이 있었습니다. 여태까지 살아오면서 소설을 읽고 "정말이지 소설이라는 게 대단한 거구나!"라고 느낀 적이 언제 있었느냐고 물었습니다. 선택과목이라 오륙십 명의 학생이 있었습니다만 아쉽게도 아무도 대답하지 않았습니다. 그런 독서 경험이 전무하다는 것이었습니다. 그 반응에 제가 좀 당황했습니다. 조만간에 모두 학교 선생님들이 될 사람들이었습니다. "그런 경험도 없이 아이들을 어떻게 가르칠 수 있지?" 그렇게 불쑥 내뱉고 말았습니다. 잠시 어색한 시간이 흘렀습니다. 앞으로 가르칠 아이들 중에는 백재도 있고, 천재도 있고 만재도 있을 터인데, 그런 경험 하나 없는 선생님들이 어떻게 그들을 가르칠 수가 있을 것인가. 공부는 그들 스스로 알아서 한다고 치더라도, 인간에 대한 포괄적인 이해의 바탕 위에서 그 아이들의 지남(指南, 가르치고 이끄는 일)이 되어야 할 터인데, 그런 경험도 없이 그것이 과연 가능할까 하는 생각이 들었던 것입니다. 그러나 입 밖으로 그 말을 꺼내지는 않았습니다. 그렇게 배워서 대학에 온 학생들에게 이제 와서 쓸데없는 투정을 부린들 무슨 소용이 있겠습니까?

우리가 말하는 '소설가'도 그렇게 따지면 만 명 중에 하나날까 말까 한 존재들입니다(시인은 좀 더 많은 것 같습니다). 일 년에 소설가로 입신하는 이들이 아마 그 정도 이하의 숫자일 겁니다. 작가들 중에는 자신의 책을 팔아서 생계도 해결하고 그 명성을 높이는 사람들도 간혹 있습니다. 그러나 정작 우리를 '경악하게 하는' 작가들 중에서도 때를 만나지 못해 쓸

쓸하게 인생을 보내는 이들이 많습니다. 천재들이 하는 일 중에서 가장 불공평한 대접을 받는 곳이 아마 거기가 아닌가 싶습니다. 올림픽에서 금메달 한 번 따면 평생토록 일정액의 연금이 나온다는데, 시든 소설이든 불후의 명작 한 편 남긴 작가에게는 단돈 십 원도 돌아오는 게 없습니다. 그저 '책 팔아서 먹고살아라'고 할 뿐입니다. 책은 팔릴 때 팔리지 아무 때나 마구 팔려서 연금처럼 평생 먹을거리를 제공하지는 않습니다. 저는 평소에 명작 소설 한 권이 대학 하나의 가치가 있다고 말합니다. 팔리든 안 팔리든, 대중들이 외면하든 말든, 우리 사회를 선도할 도도한 '한 줄기의 빛'이 되는 작품들에게는 반드시 올림픽 금메달에 값하는 정도의 보상이 주어져야 한다고 생각합니다.

서론이 길었습니다.『주역』서른번째 괘, 중화리(重火離), 이괘(離卦)☲☲ 의 경문을 보겠습니다. "이(離)는 곧음이 이로우며, 형통하니 암소를 기르면 길하리라(離利貞亨 畜牝牛吉)"입니다. 개중에서 가장 인상적인 것은 육오(六五)의 효사입니다.

육오(六五)는 눈물이 비 오는 듯하며 슬퍼 탄식하니, 길하리라(出涕沱若 戚嗟若吉). 제자리가 아니니 서 있는 곳을 감당하지 못하고 유(柔)로 강(剛)을 탔으니(以柔乘剛) 아래를 제어할 수 없다. 아래가 강(剛)하여 전진해 나와 장차 자기를 해치게 되니 깊이 근심하여 눈물이 흐르고 탄식함에 이르게 된다. 그러나 존귀한 자리에 붙어 있으니 사효(四爻)가 반역의 우두머리가 되어(四爲逆首) 아주 깊은 근심을 끼치나 사람들이 도와주므로 이에 눈물 흘리고 탄식하여 길을 얻게 된다.(『주역왕필주』, 241쪽)

'중화리'를 읽다 보니 인생만사 중화리가 아닌 것이 없습니다. 눈물을 흘린 자가 여러 사람의 도움을 얻어 존귀한 자리에 올라 그 덕을 사방에 미치기도 하고, 그동안 혼자서 희희낙락하며 높은 자리에 있으면서 '사람들'을 위하지 않던 자는 눈물 속에서 혼자서 밤을 지새웁니다. "제자리가 아닙니다"라고 눈물을 흘리며 탄식하던 자가 뭇사람들의 도움으로 온 백성의 눈물을 닦아주는 일로 동분서주합니다. 중화리는 아무래도 정치에 유효한 괘인 것 같습니다. '눈물 흘리고 탄식'했던 이들이 곧음을 고수하여 길함을 얻는 것은 정치의 상도입니다. 큰 승리는 항상 그들의 것입니다. 다만 『주역』의 말씀에는 '존귀한 곳에 붙어' 있어야 한다는 전제 조건이 있습니다. "해와 달이 하늘에 붙으며 백곡과 초목이 땅에 붙으니 거듭 밝음으로써(重明) 바른 데 걸려 이에 천하를 화하여 이루느니라(乃化成天下). 부드러운 것이 중정에 걸린 까닭에 형통하니 이로써 암소를 기르면 길하리라"라는 단전(彖傳) 말씀에 귀 기울여만 합니다. 대의와 명분을 잃지 않고 '눈물 흘리고 탄식'하였을 때를 잊지 않고 자신을 바르게 하는 일에 게으름을 피우지 않도록 하는 게 중요합니다. 그러면서 또 '암소 기르는 일'에 매진하는 것이 올바른 정치일 것입니다. 구사(九四, 반역의 머리가 되어 근심을 끼치는 것)가 아니라 육오(六五, 아랫사람들의 눈물과 함께하는 것)가 되는 것, 그것이 바로 바른 정치일 것입니다.

깊이 파고드는 자는
흉하다

동이불화(同而不和)

앞 장에서 본 "육오(六五)는 눈물이 비 오는 듯하며 슬퍼 탄식하니, 길하리라"라는 중화리의 효사가 짙은 여운을 남깁니다. 그런 계기가 이번에 있었습니다. 먼저 그 '슬픔'에 대한 소감부터 한 말씀 올리겠습니다. 곡비(哭婢)에 대한 이야기입니다.

'양반의 장례 때 곡하며 행렬의 앞에 가던 여자 종', 곡비의 사전적인 뜻입니다. 'KBS 드라마 스페셜'에서 우연히 만난 단어입니다. 세상에 그런 직분도 있었다는 것이 신기했습니다. 천한 노비의 신분 중에서도 '귀신이 붙는, 천하디천한' 신분이라서 지극히 천대를 받은 자들이었다고 드라마에서는 설명하고 있었습니다. 요즘 세상에 그런 극적 설정이 적절한지 어떤지는 판단할 수 없었습니다만 '고을에 하나 남은 곡비'라는 설정 자체가 썩 어색하지는 않았습니다. 워낙 천대가 심해서 그런 직업적 기피가 당연시됩니다만, 자질적 측면에서도 대단한 연기력(감응력)을 요구하는 것이어서 그만한 소임을 감당할 수 있는 사람들이 점차 자연 소멸된 것이라 생각됩니다. 그런 까닭에 곡비의 존재가 저절로 없어지고 있다는 설정은 자연스러웠습니다. 다만 '울음을 파는 것'보다는 '웃음을 파는 것'이 더 낫지 않은가 하는 억지춘향식 갈등 설정, 그리고 극중에서 주인공 연심(김유정 분)의 입을 통해서 "양반에게는 진정 슬픈 일이 무엇인가?"라고 묻고 있는 '작가의 메시지'는 좀 어색한 느낌이었습니다. 주인공이 기생이 되겠다고 기를 쓰고 나서는 부분과 수(首)기생과 얽히는 인연에 대해서는 언급을 하지 않겠습니다. 양반에 대한 일방적인 성토만 짚고 가겠습니다. 그 대목은 작가가 독자를 너무 과소평가했다는 책이 잡힐 수도 있는 부분입니다. 교양주의자로서 나름 인간적 품위를 잃지 않으려 한 우리 조상님들도 많이 계셨습니다. 그들을 통틀어 마치 '인간에게 꼭 필요한 인간애는 결여된 채, 온갖 허위의식에서 비롯된 허례허식에 빠져 있고, 쓸데없는 일에만 기고만장한 볼품없는 인간들'로만 매도하고 있는 것 같아서 입맛이 씁쓸했습니다.

일단, 극작가의 '이야기꾼으로서의 단수'가 그리 높지 않다는 생각이 들자 극의 서사적 진행에는 별 관심이 없어졌습니다. 오직 하나 '연심'의 연기에만 집중하게 되었습니다. 이 촉망받는 아역 배우가 어떻게 볼만한 곡비를 연기해낼 것인가가 초미의 관심사였습니다. 이 드라마는 결국 그 한 장면을 위해서 이런저런 우회로를 경과하는 것이기 때문이었습니다. 원래 소설의 임무 중에는 신기(新奇)를 전하는 것이 있습니다. 임무 중에서도 앞자리 임무입니다. 그것 없는 소설은 사실 아무것도 아닙니다(소설이라는 이름 안에 그런 속성도 내포되어 있습니다). 그래서 볼만한 이야깃감이 없는 소설은 독자들이 외면합니다. 소설이 본래 그런 사명을 띠고 출현한 장르이기 때문입니다. 그런 까닭에 「곡비(哭婢)」라는 드라마는 곡비라는 신기한 직분이 있었다는 신기(神奇)를 제대로 보여주는 것 하나만으로도 충분히 소설적 의의(작품 가치)를 가지는 것입니다. 그렇다면 곡비는 무엇으로 자신이 되는 걸까요? 그렇습니다. 곡성(哭聲)입니다. 잘난 인물이나 바른 행실로는 곡비가 되지 못합니다. 오로지 곡성이어야 합니다. 그런데 우리가 좋아하는 아역 배우 유정이가 과연 그 곡비를 제대로 연기해낼 수 있을까요? 그 어린 나이에 세상의 진정한 슬픔, 이별의 설움, 곡진한 신세 한탄 한 자락을 제대로 끌어낼 수 있을까요? 결과는 대성공이었습니다. 잠자리에 누워 오지 않는 잠을 억지로 청하고 있던 이 늙은 이야기꾼의 기대를 저버리지 않았습니다. 너무 기특해 눈물이 날 지경이었습니다. 공연히 주위의 눈치를 보지 않고 훌쩍거리게 했습니다. 언젠가 직장 근처 예술고등학교 울타리 너머로 듣던, 구슬프기 짝이 없는 그 유장한 소리 그늘 아래에서 한참을 머물게 했던 낭랑한 '소녀 심청가' 한 자락이 떠올랐습니다. 그때와 방불한 느낌이었습니다. 빈속에 아주 진한 사골국 한 사발을 들이켠 기분이었습니다.

모든 것이 용서됩니다. 연심이의 그 한 번의 곡성이 모든 것을 용서케 만듭니다. 그렇습니다. 어떤 소설가는 "행복은 다 비슷하고 불행은 다 제각각이다"라고 말했습니다만, 행복이든 불행이든, 기쁨이든 슬픔이든 내 안에 든 것보다 밖에서 오는 것이 더 절실한 법이라는 걸 「곡비」는 여실히 보여줍니다. 그래서 슬픔은 주관(主觀)에 속한 것이 아니라는 것을 새삼 또 확인합니다. 조선의 양반들이 곡비를 굳이 원한 것도 그 때문이라 생각하고 싶습니다. 내 밖에 머물면서 언제든지 내 안에 들어오는 그 '슬픔'을 그들은 원했던 것입니다. 그것이 인간이라면 그 누구도 거부할 수 없는 '진정한 슬픔'이라는 것을 그들은 알았던 것입니다. 그러므로, 적어도 '곡비'를 이야기하는 게 목적이었다면, 그들을 막된 지배자, 민중들의 골수를 파먹던 못된 탐욕자들로만 그려서는 안 될 일이었습니다. 그건 너무 맥락을 벗어나고, 이치에 맞지 않고, 불공평한 처사였습니다. 드라마 「곡비」가 진짜 '소설'이 되려면 항상 우리 곁에 머무는 그 슬픔의 존재 방식에 대해서 좀 더 숙고했어야 되었을 것이라는, 주제넘지만 누를 수 없는 일말의 아쉬움이 남습니다.

서론이 길어졌습니다. 『주역』으로 돌아가겠습니다.

"누군가에게 필요한 것을 주는 자입니다." 최근의 한 비리 사건의 주역을 두고 뉴스 해설자가 그렇게 말합니다. 흔히 그런 사람을 두고 브로커라고도 부르는 모양입니다. '필요한 것을 주는' 능력이 비상한 그들은 기획력과 추진력, 그리고 타의 추종을 불허하는 문어발 인맥을 가지고 있습니다. 그러나 더 중요한 것은 그들의 '깊게 파고드는 힘'입니다. 집중적으로, 집요하게 사회적 관계의 맥락을 파고들어서 자기가 원하는 것을 얻습니다. 말을 뒤집으면, 그런 힘을 가진 자만이 누군가가 '필요로 하는 그 무엇'을 줄 수 있습니다. 그래서 그들은 터미네이터(해결사)가 됩니다. 영화 「터미네이터」의 주인공이 그러하듯이 그들 해결사들에게는 도중하차라는 게 없습니다. 끝을 볼 때까지 따라붙습니다. 끝까지 물고 늘어집니다. 틈날 때마다, 자기를 곁에 두면 한없이 즐겁고 편하다는 것을 확인시키고, 반대로 자기를 멀리하면 한없이 불쾌하고 불편해질 것이라는 걸 주변 사람들에게 각인시킵니다.

직장 생활을 수십 년 하다 보면, 뉴스에 나올 만큼의 거물은 아니더라도, 그런 해결사 한두 사람은 꼭 봅니다. 도저히 불가능한 것도 그 사람에게 맡기면 금방 가능한 것으로 바뀝니다. 그런 사람들과는 좋은 관계 속에서 만날 때도 있고 좋지 않은 관계 속에서 만날 때도 있습니다. 좋은 관계 속에서 그런 능력자를 만나면 마치 세상을 다 얻는 느낌을 받습니다. 당면한 난

제가 어렵지 않게 해결이 됩니다. 마음이 편안해지고 천지가 화평합니다. 직접 하기가 껄끄럽고 부끄러운 일도 그를 통하면 쉽게 해결됩니다. 그렇지 않고 좋지 않은 관계 속에서 만나면 매사가 불편합니다. 그들은 동지 아니면 적이라는 심플한 관계망을 즐겨 짜기 때문에 필요 이상의 긴장감, 불쾌감, 피로감을 느껴야 합니다. 혹시 돌아올 불이익을 생각해서 주변 정리도 자주 해야 합니다. 그런 사람들은 일반적으로 '처음부터 깊이 구하는' 스타일이기 때문에 일반인들과는 많이 다른 외양과 포스를 보일 때가 많지만, 개중에는 그것마저도 교묘히 감추고 있는 경우도 있어 주의를 요합니다. 물론 후자가 훨씬 더 흉한 자입니다. 당연한 일이지만 그런 능력자를 곁에 두고 일을 도모하다가 망조에 들면 그 끝이 험하기 그지없습니다.

초육(初六)은 항상 파고드는 자라, 바르더라도 흉하여 이로울 바가 없느니라(初六 浚恒貞凶无攸利). 항괘(恒卦)의 처음에서 가장 괘의 밑에 처해 있으니 처음부터 깊이 구하는 자이다. 깊이 파고들어 밑바닥까지 다해서 사물로 하여금 남는 게 없게 하니, 점점 이(利)에 이르러도 사물이 견디지 못하거늘 하물며 처음부터 깊이 파고드는 자라! 이(利)로써 항(恒)을 삼으면 바르더라도 흉하게 되고 덕을 해치게 되어 베풀어도 이로움이 없다.(『주역왕필주』, 256쪽)

『주역』서른두번째 괘 뇌풍항(雷風恒), 항괘(恒卦)☳☴에서 눈길을 끄는 대목은 초육(初六)에 대한 효사입니다. 육효 중에서 가장 아래에 있는 음효에 대한 설명입니다. "바르더라도 흉하여 이로울 바가 없다"가 핵심입니다. 굳이 '덕(德)'을 끌어들일 필요가 없습니다. 본디 인간은 이기적인 존재입니다. 그 이기성 앞에서 '처음부터 깊이 구하는' 일은 그 자체가 공격입니다. 선악을 떠나 흉하기 그지없습니다. 그 흉한 일을 반겨 맞으면 내 안의 이기성이 무엇인가를 탐낼 경우이고(그 힘을 빌릴 요량이고), 질색하며 싫어하면 무엇보다도 먼저 자기를 방어할 필요가 있기 때문입니다(따라가다가 해체될까 두려워). 『주역』은 말합니다. "깊이 파고드는 것은 흉합니다. 그런 자들과 함께하는 것은 망조입니다"라고요. 그러니 행여 내 안에서 그런 것을 본다는 것은 길한 징조입니다. 기회를 얻어 그것으로부터 멀찌감치 벗어날 수도 있다는 것이기 때문입니다.

살찌는
도망

소인비색(小人否塞)

해리슨 포드가 주연한 「도망자」(앤드루 데이비스, 1993)라
는 영화가 있습니다. 시카고의 유명한 외과의사 리차드 킴블
(해리슨 포드 분)은 어느 날 갑자기 최악의 상황에 봉착합니
다. 한 개인의 힘으로는 도저히 감당하기 힘든 불행에 직면합
니다. 병원장이기도 했던 그는 응급 수술을 마치고 집에 돌아
왔는데 아내 혼자 있는 집에서 끔찍한 살인극이 벌어지고 있었
습니다. 낯선 침입자가 아내를 살해하고 있었습니다. 범인과
죽을힘을 다해 사투를 벌였지만 그는 범인을 놓치고 맙니다.
마른하늘에 날벼락이라더니, 이 선량한 시민에게는 정말 감당
키 어려운 불행이 아닐 수 없었습니다. 그런데 그 뒤가 더 어
처구니없습니다. 말도 안 되는, 아내 살인범이라는 억울한 누
명을 쓰게 됩니다. 그는 '용서받지 못할 자' 취급을 받으며 세
간의 이목을 집중시키고, 급기야는 사형을 언도 받습니다. 무
엇인가 그를 둘러싼 거대한 음모의 올가미가 작동한다는 것을

눈치챈 그는 호송 버스가 전복되는 틈을 노려 탈주를 시도합니다. 영화는 그의 탈주 행로와 그를 잡으려는 연방경찰 제라드 (토미 리 존스 분) 사이의 쫓고 쫓기는 추격전을 긴박하게 보여줍니다. 의사 킴블은 진짜 범인을 잡아내지 못하면 도망죄까지 추가되어 조만간 형장의 이슬로 사라질 운명입니다. 제약업체와 결탁한 부도덕한 의료계의 음모와 한판 사투를 벌이는 '도망자'의 긴박한 도망일지는 시종일관 보는 이에게 숨 막히는 스릴을 제공합니다. 전형적인 서스펜스 추리물입니다. 죄 없는 사람을 죽이고, 단란했던 한 가정을 쑥대밭으로 만들고, 선량한 한 의사를 흉악범으로 만들고, 국가와 사회를 우롱하면서 오직 자신들의 부정한 이득만을 취하고자 했던 악한 무리들은 결국 목숨을 건 의지의 사나이, 선의의 '도망자'에게 잡혀 법의 심판대에 오르게 됩니다. 이 같은, '범인을 잡지 못하면 범인이 되는 기막힌 도망자 이야기'는 서스펜스 추리물의 대표적인 패턴이기도 합니다.

살다 보면, 해리슨 포드의 「도망자」만큼은 아니지만, 얼추 그 비슷한 처지에 놓일 때가 있습니다. 가정에서도 있고, 학교에서도 있고, 직장이나 다른 사회단체 생활에서도 있습니다. 억울한 일을 당하지만, 어디서든 구경꾼들은 가급적 남의 일에 끼어들려고 하지 않기 때문에(그들은 항상 이기는 자의 편입니다) 억울한 신세를 면하는 신원(伸寃)은 순연히 본인의 몫입니다. 범인으로 몰려 처벌을 받기 전에 진짜 범인을 잡아야 하는데, 하늘이 돕기 전에는 도적들을 일망타진하기가 참 어렵습니다. '하늘과 나'만 알고 있는 사건의 진실을 나 혼자서 밝힌다는 게 말처럼 그리 쉬운 일이 아닙니다. 모두가 외면하는 상황에서 정의를 나 혼자서 실현하기란 마치 하늘의 별을 따는 것만큼이나 힘듭니다. 현실적으로 그런 행운은 천우신조, 그야말로 힘 있는 귀인의 헌신적인 도움 없이는 결코 찾아오지 않습니다. 진짜 범인은 항상 세를 업고 날뛰기 때문에 쉽게 꼬리를 밟히지 않습니다. 설령 꼬리가 밟혀도 이내 그 꼬리를 자르고 달아납니다. 필요하면 적당히 희생양이 되는 가짜 꼬리를 만들어 몸통을 보호하기도 합니다. 그래서 힘없는 자들은 늘 당하면서 삽니다(제 경우는 '사람이 하지 못하는 일은 시간이 한다'라고 믿으며 끝까지 버텼습니다). 보통은 하릴없이 「도망자」 같은 영화나 보며 대리만족을 할 수밖에 없습니다. 힘없는 자들에게는 오직 그런 상황을 맞이하지 않는 일만이 상책입니다.

'36계 줄행랑'이라는 말이 있습니다. 고우영 선생의 만화였던가요? 어려서 그 말을 접했습니다. 그런데 작가가 그 말을 소개하면서 '도망이 최고다'라는 의미로 읽어달라고 했습니다. 아주 오래전에 본 것이라 자세한 출전을 기억하기 어렵습니다만, 그 어조가 사뭇 진지했던 것으로 기억에 남아 있습니다. 그때는 참 생경하기도 했습니다. 아마 『전국지』나 『삼국지』였을 겁니다. 극중에서 『손자병법』 이야기를 하던 중이었지 싶은데 왜 하필 '도망이 최고다'라고 했는지 도통 이해가 되지 않았습니다. '싸워 이기는 법'이 병법일진대 '도망이 최고다'라니요, 황당하기까지 했습니다. 덕분에 수십 년 후에도 이렇게 기억에 남아 있는 것 같습니다.

오늘 『주역』 서른세번째 천산돈(天山遯), 돈괘(遯卦) ䷠ 를 보니 그 옛날의 황당했던 독후감이 떠오릅니다. 해리슨 포드의 「도망자」와 함께 그때의 그 황당함이, '도망이 최고다'라는 말을 대했을 때의 그 당혹감이 불현듯 떠오릅니다. 『주역』의 '무엇에서든 도망치라'는 권고가 그 둘을 동시에 불러냅니다.

구사(九四)는 좋아도 도망하니 군자는 길하고 소인은 비색(否塞, 운수가 꽉 막힘)하니라. 밖에 처해서 안에 응함이 있되 군자는 (응함이) 좋아도 도망하므로 (혹은 잘 도망하므로) 그를 버릴 것이요 소인은 매달려 그리워하니 이로써 비색하다.

구오(九五)는 아름다운 도망이니 바르게 해서 길하니라.

상구(上九)는 살찌는 도망이니 이롭지 않음이 없느니라(肥遯无不利). (『주역왕필주』, 264~265쪽)

초육, 육이, 구삼, 앞의 효사들은 '도망치지 못할 때의 흉함'에 대해서 주로 말하고 있고 뒤의 효사(구사, 구오, 상구)들은 위의 인용에서처럼, 주로 '좋은, 아름다운, 살찌는' 도망에 대해서 말하고 있습니다. 돈괘(遯卦)는 도망해서 뜻을 바르게 하고 때에 맞게 살라는 권고입니다. 영화 「도망자」를 생각해보고, 또 제가 겪은 그 비슷한 신세를 떠올려보니, '36계 줄행랑'이 최선의 처세술이라는 것을 실감하지 않을 수 없습니다. 싸우지 않을 수만 있다면 싸우지 않는 것이 최선입니다. 본의 아니게 싸움판에서 싸움닭으로 수십 년 살아본 소회이니 크게 틀리지는 않을 것입니다. 더 이상 도망갈 곳도 없는 신세가 되고 보니 '살찌는 도망'이 무엇인지 조금 알 것도 같습니다. '매달려 그리워하는' 일만큼 못난 일도 없다는 것도 알겠습니다.

백설공주는
공주다

풍화가인(風火家人)

'풍화가인(風火家人)'이라는 말이 『주역』에 나오는 말이었군요. 아주 옛날에 이 말을 신문 칼럼에서 본 적이 있었습니다. 누구의 글인지, 어떤 맥락이었던지는 전혀 기억나지 않습니다. 그저 이 말만 인상이 깊었는데 오늘 이렇게 만납니다. "가인(家人)은 이여정(利女貞)하니라"가 『주역』 서른일곱번째 풍화가인(風火家人), 가인괘(家人卦)☲의 경문(經文)입니다. 불이 바람에서 나오듯(집에서 불을 지피고 지키는 사람은 부엌의 주인입니다) 안에서 받쳐주고 밖에서 이에 호응하여 군자의 삶은 더욱 치열해진다고 상전(象傳)의 풀이는 밝히고 있습니다. 내조의 중요성을 강조한 말로 읽힐 수도 있겠습니다. 효사(爻辭)를 살피니 각자가 자신의 본분을 잃지 않고 '근심 없이 행복하게 살기(勿恤而吉)'를 권면하는 내용 일색입니다. 이런 내용을 대하면 달리 덧붙일 말이 없습니다. 좋은 말씀에 순응해 제 본분을 다할 것을 다짐할 뿐입니다.

달리 덧붙일 말이 없으므로, 엉뚱하게도, 대표적인 반(反) '풍화가인'적 인물들은 어떤 사람들일까를 생각해봅니다. 악처(惡妻) 악모(惡母)로 손꼽을 수 있는 이야기 속 '안방마님'이 누구였던가를 한번 생각해봅니다. 동서양의 옛이야기 속에서 악역을 맡은 계모들(「신데렐라」, 「백설공주」, 「장화홍련」 등에 등장하는)이나 「흥부가」의 놀부 마누라, 「심청가」의 뺑덕어멈 같은 이들이 가장 먼저 떠오릅니다. 그중에서도 단연 으뜸은 「백설공주」의 계모 왕비(여왕)겠습니다. 자신의 미색(美色)을 무색하게 만든다는 이유 하나로 자기 의붓딸을 죽이라고 사주하는 못된 새어머니이니까요. 자기 딸을 못살게(진짜 못살게!) 구는 이 모진 여인도 처음부터 반(反)'풍화가인'적인 인물은 아니었습니다. 백설공주가 일곱 살이 되기 전까지는 아무 일이 없었습니다. 공주의 미색이 눈에 띄기 전에는 그렇게 모진 악인이 아니었다는 겁니다. 공주가 성장해서 아름다워지자 그 미색을 질투해서 그렇게 흉해진 것입니다. 친딸이라도 섭섭했을 것인데(원래 무의식에서는 친모와 계모, 친딸과 의붓딸을 구별하지 않습니다), 피 한 방울 섞이지 않은 전처의 딸이 '미의 여왕' 자리를 빼앗으려고 호시탐탐 노리니 참을 수가 없었던 것입니다. 그래서 인간이기를 포기합니다. 어쩔 수 없이 악의 화신이 됩니다. 파리스(Paris)가 황금 사과를 아프로디테에게 준 이래로 '미인(美人), 가인(佳人)'을 능가하는 가치가 여인들에게는 존재하지 않았습니다.[13] 여자에게 '미의 중심이 되는 자리'는 언제 어디서나 목숨을 걸고 다툴 만한 가치가 충분히 있는 것이었습니다. 신데렐라가 받은 구박보다 백설공주가 당한 구박이 훨씬 더 잔혹해야 했던 이유도 거기에 있었습니다. 사실 신데렐라와 백설공주는 출신 성분이 많이 다릅니다. 꼭 출신 성분 때문인 것은 아니겠지만, 이야기의 등급에서도 두 이야기는 차이가 많이 납니다. 미색을 다투는 것과 먹을 것을 다투는 것, 그리고 갈등의 주체가 모녀 사이인 것과 자매 사이인 것도 두 이야기의 격을 나누는 중요한 기준이 됩니다. 전자 쪽이 아무래도 더 '깊고 푸른 이야기'를 만들어냅니다.

백설공주 이야기가 급이 좀 더 높은 탓인지 그 이야기를 필요 이상으로 과하게 분석하거나 패러디하는 경우를 종종 봅니다. 해석의 여러 가능성이 열려 있는 이야기라는 거겠습니다. 그중 하나가 "백설공주는 공주가 아니다"라는 주장입니다. 그

---

13 파리스는 트로이 왕 프리아모스와 왕비 헤카베 사이에서 태어났다. 신탁으로 버려졌으나 죽지 않고 살아남아 나중에 왕자라는 것이 밝혀지고 다시 왕궁으로 돌아간다. 용맹하고 머리가 좋은데다가 외모마저 뛰어난 미소년이어서 매우 높은 인기를 누렸다. 그가 유명해진 것은 불화의 여신 에리스가 던진 '가장 아름다운 여신에게'라고 적힌 황금 사과를 둘러싸고 헤라, 아테나, 아프로디테가 다툼을 벌일 때 그 심판을 맡아서였다. 세 여신은 파리스에게 자신에게 황금 사과를 주면 어떤 보상을 줄지 저마다 설명했다. 헤라는 최고의 부와 명예와 권력을, 아테나는 위대한 지혜와 모든 전쟁의 승리를, 아프로디테는 이성이라면 누구든지 매혹할 수 있는 힘을 약속했다. 파리스가 선택한 여신은 아프로디테였다. 아프로디테는 유부녀인 메넬라오스의 아내 헬레네를 파리스에게 주었다. 이는 결국 트로이 전쟁의 씨앗이 되었고, 트로이가 멸망하게 되는 결과를 낳았다.(나무위키)

저 '새하얀 눈 아이'라고 해야 될 것을 죽은 여왕의 딸이라고 해서 무턱대고 '공주'라 부르는 것이 잘못되었다는 것입니다. 원 이야기가 전하고자 하는 핵심 메시지(백설을 '생명의 원천'이 되는 신화적 인물로 읽어야 한다는)를 많이 훼손하는 것이라는 주장입니다. 일단 '공주'로 불려서는 안 되는 이유를 설명합니다. 원전 어디에도 공주(Prinzessin)라는 단어가 나오지 않는다는 점, 그리고 남녀의 사랑에 의해서가 아니라 "눈처럼 새하얗고, 피처럼 붉고, 창틀의 나무처럼 검은 아이를 가질 수 있다면"이라는 주술적인 '여왕의 바람'에 의해서 태어난 아이가 바로 백설공주였다는 점이 그런 주장의 핵심 근거입니다.[14]

앞에서 우리는 '눈'은 어느 동아리에 속하고, '피'는 또 어디에 속하는지를 파헤쳐봤어요. 그러면 '창틀의 나무'는 어느 동아리죠? 그 나무는 무슨 색깔을 띠고 있죠? 흰빛인 하늘, 붉은빛인 사람이 이미 나왔으니 이제 뭐가 남았죠? 하늘과 사람에 견줄 만한 동아리가 뭐가 있죠? 하늘과 사람 빼고 나면, 뭐가 남죠? 그래요, 땅이에요. '하늘·사람·땅', 이제 아귀가 맞네요. 이 이야기에 나오는 세 색을 저만 그렇게 느낀 게 아니고, 독일의 한 학자도 그렇게 느꼈다는 걸 알리고 싶네요. 『그림 형제의 옛이야기는 무엇을 말하고 있나』를 지은 쿠르트 슈티아스니가 그예요. 그는 이 책에서 "원리 속에 있는 헤아림의 얼개(사유 체계)는, 색의 상징을 통해 이 이야

14 이양호, 『백설공주는 공주가 아니다?!』, 글숲산책, 2008.

기의 처음부터 보이고 있다. 검정은 어둠의 색을, '새하얀'은 빛의 색을, 여기에 붉은색이 함께하는데, 그것은 피의 색 즉 생명의 색을 뜻한다"라고 밝혔어요.[15]

　백설공주가 '천지인(天地人) 삼재(三才)'를 한 몸에 품고 태어난 특별한 존재라는 것이 이 책의 핵심 주장입니다. 칼 융의 표현대로 한다면 독일의 '그레이트 마더'라는 말이지요. 우리 단군신화의 웅녀와 같은 존재라고나 할까요? 백적흑(白赤黑) 삼색이 고작, 태어날 아이의 겉모습(뛰어난 용모)의 특징만 가리키는 것이 아니라는 것, 그것에 유의해야 '백설(snowwhite)'의 올바른 독해가 가능하다는 것입니다. 백설공주가 본디 '위대한 어머니'로 태어난 영적인 존재이기 때문에 그 누구도 그녀를 이길 수 없다는 논리입니다.

　그렇지만 과유불급인바, 지나친 몰입, 과도한 분석은 그야말로 '넘치는' 독서가 될 공산이 큽니다. 재미로야 무엇이든 할 수 있는 것이지만 때로는 풍화가인을 이야기해야 할 때 반(反)풍화가인적 이야기를 하는 역기능을 행사할 수도 있으므로 조심해야 합니다. 모든 전해지는 이야기들에는 사회역사적 효용과 심리학적인 효용이 있습니다. 그런 것 없는 이야기들은 오래 전해지지 못합니다. 특히 백설공주 이야기가 지닌 이야기로서의 재미와 효용을 생각할 때, "백설은 공주가 아니라 천지

15　이양호, 앞의 책. 116~117쪽.

인 삼재의 표상인 영적인 존재이다"라는 주장은 잃는 것이 많은 독해입니다. 재미지게 공감할 수 있으면서 인간과 인간 사이를 이어주는 것이 이야기의 첫째 존재 이유인데 그 부분을 애써 도외시하는 것은 좋은 읽기 태도가 아닙니다. 전문 독자들이 항상 유의해야 할 부분이, 자기가 아는 지식과 그 작품의 특정 부분(특히 상징적, 문화적 코드)을 과도하게 연결 짓는 것을 최대한 자제해야 한다는 것입니다. 그런 '넘치는 독서(투사적 비평)'가 가져오는 폐단은 생각보다 매우 큽니다. 특히 아동용 도서를 읽을 때 '어른의 시각'을 함부로 개입시키는 것은 최악입니다. 우화(사회적 경쟁에서 살아남을 수 있는 방도)를 동화(인류애의 구현)로 각색하거나 고전 작품의 줄거리(심미적, 사회적 코드)를 논리적 관점(논리적 코드)에서 재해석하는 것은 절대 있어서는 안 되는 일입니다. '백설공주는 공주가 아니다'라는 주장도 '상징'에만 몰두하다 보니 이야기의 핵심인 '갈등'은 아예 관심 밖입니다. 그 생명의 상징이 박해받는 이유에 대해서 설명하지 못합니다. 왜 왕비가 백설공주의 미색을 질투해서 죽이려 하는지에 대해서는 아무런 설명을 하지 못합니다. 또 백설공주가 그 난관을 어떻게 돌파하는지, 그 의미가 무엇인지에 대해서도 아무런 말이 없습니다. 독자들의 관심은 그쪽에 몰려 있는데도 그렇습니다. 결국 '지나치면 부족함만 못하다'라는 것을 보여줄 뿐입니다.

독일어 'Märchen'이 '동화(童話)'로 단순 번역되어서는 안 된다는 것, 그림 형제의 옛이야기는 한때 유행했던 '잔혹 동화'의 성격을 많이 가지고 있다는 것, 어느 곳에서든 옛이야기에는 당대의 민중적 삶이 상당 부분 반영되어 있다는 것, 그래서 옛이야기에는 민중들의 세속적인 염원과 현실적 비행(非行)에 대한 무의식적 합리화가 내재되어 있다는 것 등등은 이미 널리 알려진 사실입니다. 우리의 판소리를 생각해봐도 금방 알 일입니다. 춘향이든 심청이든 흥부든 옛이야기 속의 주인공들은 언제나 '작은 인간들의 생존법'을 충실하게 이행합니다. 그들 작은 인간들이 아무도 생각지 못한 '큰 사고를 치는 이야기'가 「춘향전」이고 「심청전」이고 「흥부전」입니다. 그러니 옛이야기를 읽을 때는 딱 그만큼만 읽어내야 합니다. 그 이상의 해석은 가분수가 되어 이야기를 해치게 됩니다. 이야기 자체를 부정하면서 지식 하나 더 얻겠다는 것은 그야말로 소탐대실입니다. 「춘향전」, 「심청전」, 「흥부전」 같은 옛이야기들은 가히 셰익스피어의 4대 비극을 능가하는 문학적, 심리학적, 사회문화적 가치를 지닌 작품들입니다. 우리 문화를 아끼고 존중하는 마음과 함께 그 문학적 의의를 신중하게 평가하는 태도가 반드시 요구된다고 할 것입니다.

아름다움에 대한 원초적인 동경, 여성들이 목숨 거는 절대미 (최고의 아름다움)의 세계, 모녀 사이마저 갈라놓는 그 못 말리는 '비너스 충동'에 대해서 한마디 하고 싶은 것이 「백설공주」의 핵심입니다. 나머지는 다 선택적인 자유 모티프(free motif)일 뿐입니다. 백설공주 이야기 속에 나오는 색상들도 결국은 자유 모티프 중의 하나일 뿐이지요. 그걸 너무 확대해석하는 것은 본말을 전도시키는 일일 뿐입니다. 「백설공주」에서는 미를 다투는 여성의 심리, 그리고 오래된 것을 이기는 새로 태어난 것의 힘, 그것만이 필수적인 모티프(bound-motif)라 할 것입니다.

새하얀 눈 아이는 무럭무럭 자랐는데, 자랄수록 더욱 아름다워져서, 일곱 살(열일곱 살을 과장되게 표현한 말일지도 모르겠습니다—인용자)이 되었을 때는 맑은 날만큼이나 아름다웠지. 그러니 그 여왕보다도 더 아름다워지지 않았겠니? 하루는 여왕이 그 거울에 또 물었지. "조그만 거울아, 벽에 걸린 조그만 거울아, 이 나라를 통틀어서 누가 제일 아름답니?" 그러자 그 거울은 "여왕 마마님, 여기서는 마마님이 제일 아름다워요. 그렇지만, 새하얀 눈 아이가 마마님보다 몇 천 배나 더 아름답습니다."[16]

백설공주는 위에서 인용된 한 단락만으로도 충분히 백설공주입니다. 아름다움 하나만으로 그녀는 영원한 공주이고 승자입니다. 천지인 삼재 이야기는 그에 비하면 한낱 우수마발(牛

16 이양호, 앞의 책. 33~34쪽.

溲馬勃, 하찮은 것의 대명사)에 지나지 않습니다. 그런 '생각
으로 만들어낸 상징'은 혼자서 그저 재미로 한번 해볼 일입니
다. 번역 과정에서 만약 누군가가 '아무 생각 없이' 그녀의 이
름에 '공주'를 덧붙였다면 그 까닭에서도 백설은 진정한 공주
라고 말할 수가 있겠습니다. "홍시 맛이 나서 홍시라고 했는데
그 이유를 설명하라니 답답할 뿐입니다"라고 말한 유명한 한
류 드라마 「대장금」 속 어린 대장금이 생각나는 대목입니다.
공주를 공주라 했는데 그 까닭을 설명하라니요.

이마에
문신이 찍히고_____

무초유종(无初有終)

젊어서 소설은 좀 읽었습니다만 고전 공부는 전혀 하지 못
했습니다. 본디 소설가들은 동서양을 막론하고 이것저것 많이
보는 편입니다만 저에게는 그런 공부다운 공부를 할 시간이 없
었습니다. 황금 같은 시간에 친구들과 노는 일, 잡기를 익히는
일에 많이 몰두했습니다. 후회가 많이 됩니다. 우연히 역사 공
부는 좀 할 기회가 있었습니다. 군 복무 시절 교관직에서 벗어
나 연구기관에서 전쟁사(戰爭史) 도서관장 직무대리를 몇 달
하면서(사실상 대출 담당 실무직이었습니다) 그쪽 책들을 좀
읽을 기회가 있었습니다. 후속 공부가 없어서 지금은 다 까먹
었습니다만 그때는 사이비 사학자 비슷한 정체성도 약간 가지
고 있기도 했습니다. 그 덕에 대체 역사소설(그 당시에는 그런
이름조차 없었습니다만)도 두어 편 쓸 수 있었습니다. 그 이
후로는 박사 논문을 준비하는 데 필요한 심리학 책들, 그리고
강의 준비에 필요한 전공 관련 책들밖에 읽을 시간이 없었습

니다. 그런 책들을 읽어야 할 필요가 없어진 다음에는 검도에
미쳐서 또 그쪽 도서 이외에는 다른 책들을 읽지 못했습니다.

나이 들면서 우연한 기회에 고전 독서 모임의 청강생으로 몇
년 보낼 수가 있었습니다. 거기서 『논어』와 『장자』 읽기를 조금
배웠습니다. 눈 밝은 동료들의 도움으로 눈동냥 귀동냥, 동양
고전의 좋은 말씀들을 소귀에 경 읽기 수준에서나마 귀에 담을
수가 있었습니다. 그러고 또 긴 공백기가 있었습니다. 검도교
실을 운영하면서 몸 공부의 교학상장(敎學相長)에 매달렸습니
다. 남는 시간에는 실용적인 글쓰기 공부에 도움이 되는 책들
을 짓는 데 힘을 기울였습니다. 그러다가 요즘은 옛날 고전 공
부 때의 미련을 살려 한번씩 『주역』을 펼쳐봅니다. 마음을 다
스릴 일이 아직 남은 탓입니다.

『주역』을 읽다 보면 문득문득 '또 이 말씀을?'이라는 느낌이
들 때가 종종 있습니다. 『주역』도 사람이 쓴 글이라 지은이의
체취가 물씬물씬 풍기는 특별한 단어나 구절이 많습니다. 마
치 전가의 보도처럼 자주 쓰이는 말들이 있습니다. 흔히 하는
말로 '저자의 기호'라고도 부를 수가 있겠지요. 『주역』의 저자
는 주(周) 문왕(文王)으로 알려져 있습니다.[17] 아들인 무왕(武
王)과 함께 주나라의 건국 시조로 숭앙되는 사람입니다. 특히

17 복희씨가 8괘라는 언어 이전의 기호를 제공했고 문왕이 그것을 활용해 64괘와
말로 된 괘사를 창안했다고 전해진다. 그 뒤 주공과 공자가 효사와 단전, 상전을
지어 『주역』의 외연과 내포를 확장했다고 전한다. 보통 『주역』 경문(經文)이라
고 하면 괘사와 효사를 합해서 이르는 말이다.

공자님에 의해서 많이 떠받들여지는 분입니다. 공자님이 본인 말씀의 출전을 밝히면서 '옛 성인의 말씀'이라고 했을 때 그 '옛 성인' 중의 한 분으로 꼽히는 사람이 바로 주 문왕입니다.

주 문왕이 즐겨 쓰는 말 중의 하나가 '이섭대천(利涉大川)'입니다. '큰 내를 건너면 이롭다'는 뜻입니다. 사용되는 맥락을 살펴보면, "수(需)는 믿음이 있으니, 빛나고 형통하며, 곧고 길하니, 큰 내를 건넘이 이로우니라(需有孚 光亨貞吉 利涉大川)"와 같은 방식입니다〔『주역』 다섯번째 수괘(需卦), 수천수(水天需)〕. 보통은 큰 결단을 내려야 할 때나 새로운 시작을 도모해야 할 때 이 괘가 나오면 길조로 해석하곤 합니다. 『주역』의 화법은 특이해서 주 문장보다 그 전 단계의 '조건'이, 그러니까 종속절의 내용이 해석상 더 중요할 때가 많습니다. 그래서 일상 화법의 원칙을 준용해서 결론처럼 보이는 문장에 현혹되어서는 안 되는 게 『주역』의 화법입니다. 우리말 화법을 두고 자주 하는 말 중에 "우리말은 끝까지 들어봐야 안다"라는 말이 있습니다. 끝에 가서 긍정도 되고 부정도 되는 게 우리말 표현의 특징입니다. 『주역』은 그 반대라 할 수 있습니다. 시작하는 부분의 어조가 주는 어떤 직관적 느낌을 잘 포착해야 합니다. 이른바 관(觀)부터 먼저 하고 견(見)으로 마무리해야 합니다. 『주역』의 화법은 보는(읽는) 이의 스키마에 따라서 다양한 코드와 맥락의 운용이 가능한 텍스트입니다. '언제든지 뒤집어질 수 있는 언어의 성찰'입니다. 일차 독법, 이차 독법, 삼차 독법 식으로 문맥의 진의를 심사숙고해야 합니다. 『주역』식 화법에서는 정해진 결론이 없기 때문입니다. 그래서 스스로에게 하는 농담으로 "결과는 언제나 변할 수 있다"는 게 『주역』의 유일한 결론이라고 말하고 싶을 지경입니다. '이섭대천'을 두고 봐도 그렇습니다. 그것이 주로 사용되는 맥락은 "빛나고 형통하며, 곧고 길하니, 큰 내를 건넘이 이롭다"는 것입니다. 그러나 아무리 그런 괘가 나왔다고 해도 육효 하나하나가 각자의 의미와 조건을 고수하는 한 경문(經文)만 읽고 그것만 믿을 수는 없다는 게 또한 『주역』의 화법입니다. 그래서 본인 판단하에 큰 내를 건널 만한 전조가 미약할 때는 큰 내를 건너는 것이 결코 이롭지 않음을 알아야 한다고 『주역』은 가르칩니다.

'큰 내를 건너다'가 모험과 도전의 의미를 지닌 '새로운 시작'을 뜻한다는 것은 누구도 부정하지 못할 것입니다. 그리고 그 말을 즐겨 사용한 『주역』의 저자가 우리네 인생에서 그 '새로운 시작'을 매우 중요시했다는 것도 어렵지 않게 짐작할 수 있는 사실입니다. 주 문왕은 억울한 누명을 쓰고 감옥에 갇혔을 때 『주역』을 지었습니다. '어둡고 막히고 굽고 흉할' 때에 처하였으므로 누구보다도 '이섭대천'을 많이 생각한 것 같습니다. 당연히 그 말이 '나(저자)의 기호'로 돌출될 수밖에 없었던 것입니다. 그러나 그가 그 말을 쓸 때는 항상 조심스러웠습니다. 일단 한번 강을 건너면 다시 돌아올 길이 없는 절박한 상황이라는 것을 본인 스스로 절감하고 있었기 때문이라 생각됩니다. 저도 비슷한 상황을 겪어본 바가 있고, 어느 정도 살 만큼 살아본 입장이기에, 이섭대천을 언급할 때 문왕의 조심스런 어조가 충분히 공감이 갑니다. 주 문왕이 그렇게 '섭대천(涉大川)'의 절대 필요조건을 하나씩 심사숙고했던 것이 결과적으로 그의 성공적인 '이섭대천(利涉大川)'을 이루게 한 한 결정적 요인이기도 했을 거라는 생각도 해봅니다.

앞서도 말씀드렸지만 이섭대천이라는 주 문왕의 '나의 기호'가 제게는 특히 남다른 느낌을 줍니다. 문왕이 감옥에 갇혀 있을 때처럼 저도 말년에 들어 '어둡고 막히고 굽고 흉한' 가운데 처해 있다고 스스로 느낄 때가 많았기 때문입니다.

오늘은 『주역』 서른여덟번째 규괘(睽卦)☲ 를 읽습니다. 현재까지 본 『주역』 괘 중에 화택규(火澤睽), 규괘(睽卦)만큼 살벌한 괘가 없었습니다. 단전(象傳, 의미 해석)이든 상전(象傳, 이미지 해석)이든, 그 해석이 종횡무진 난해합니다. 위로는 불길이 치솟고, 아래로는 물길이 준동하니, 일이 모두 서로 어그러져 보기 흉할 뿐입니다. 이 역시 『주역』의 화법입니다. 앞부분의 살벌함이 뒷부분에 약간씩 첨부된 '위무(慰撫)'를 허언으로 들리게 합니다. '허물이 없으리라', '도를 잃지 않음이라',

'마침은 있느니라', '뭇 의심이 없어짐이라' 등으로 효사의 말미가 장식됩니다만 크게 울림을 주지 않습니다. 경문에는 (전체적으로 흉하니) 오직 작은 일에만 길함이 있을 뿐이라고 밝히고 있습니다. 흉하기만 한 전체적인 괘의 아우라를 어떻게 해볼 도리가 없습니다. 육삼(六三)의 효사 한 구절만 인용하겠습니다.

육삼(六三)은 수레가 당겨지고 그 소가 끌리며, 그 사람이 이마에 문신이 찍히고 또 코를 베이니, 처음은 없으나 마침은 있느니라(六三 見輿曳 其牛掣 其人 天且劓 无初有終).(『주역왕필주』, 295쪽)

일이 모두 어그러지면 흉한 일만 생깁니다. 수레를 끌고 가던 소가 오히려 뒤로 끌려 나가고(뒷걸음치고), 수레 옆에 섰던 사람들은 참혹한 형벌에 노출됩니다. 본디 흉한 일에 당면해서는 그 '처음'이 어딘지 도무지 알 수가 없는 법입니다. 마치 작금의 정치판이 연상되는 대목입니다. '이마에 문신이 찍히고', '코를 베인' 정치 그룹들은 반드시 '처음'에 대해서 명료한 자의식이 있어야 할 때인 것 같습니다. 물론 시절을 잘 만나 이섭대천을 꿈꾸는 반대 그룹들도 마찬가지입니다. 지금은 기분에 들떠 적중불패를 도모하겠다는 다짐을 남발할 때가 아닙니다. 이섭대천이든 적중불패든 '마침'의 필수조건은 자기반성이라는 것을 잊어서는 안 될 것입니다.

발꿈치에
씩씩하니 _____

용장용망(用壯用罔)

　최근에 재미있는 영화를 한 편 보았습니다. 「연인(戀人)」(장
예모, 2004)이라는 영화입니다. 유덕화, 장쯔이, 금성무가 주
연인 영화입니다. 이 영화의 원제는 '십면매복(十面埋伏)'입니
다. 영어로는 '비도문(飛刀門, House of Flying Dagger)'이고
요. 세 제목은 각기 영화 내용 중의 한 부분을 전경화(前景化)
하는 것입니다. 주인공들의 운명적이고 비극적인 삼각연애를
내세우면 '연인', 주인공들이 처해 있는 악전고투의 상황을 내
세우면 '십면매복', 영화에 등장하는 특별하고 위력적인 무기
를 내세우면 '비도문'이 됩니다. 그런 식의 이름 짓기는 이를
테면 콩을 볼 것인지, 메주를 볼 것인지, 된장(간장)을 볼 것인
지와 비슷하다 할 것입니다. 전문적인 용어로 말씀드리면 해
석학적 코드(수수께끼 풀기), 행동적 코드(사건의 의미 분석),
상징적 코드(상징의 이해) 등이 제목을 정하는 기준이 되고 있
습니다. 작품의 이름 짓기는 보통 중요한 일이 아닙니다. 모르

긴 해도 출판사나 영화사 사람 중에서 "제목이 9할이다"라는 말을 부정할 사람은 아무도 없을 겁니다.

　그렇다면, 작품의 제목을 정하는 이들은 누굴까요? 첫째는 작가나 감독이겠지요. 그다음은 편집자나 제작자, 영업 담당자(배급자)가 될 겁니다. 간혹은 제삼자도 있을 수 있겠습니다. 어디든 한 수 훈수를 두는 강호의 고수는 있기 마련입니다. 베스트셀러였던 이문열의 『사람의 아들』의 원제가 '인자(人子)'였다는 것, 무협영화의 신기원이 된 「의리의 사나이 외팔이」의 원제가 '독비도(獨臂刀)'였다는 것, 홍콩느와르의 절정을 보여준 「천장지구(天長地久)」의 원제가 '천약유정(天若有情)'이었다는 것은 유명합니다. 모두 제목을 바꾸어서 성공한 케이스입니다. 앞서 소개한 「연인」이라는 영화는 차라리 제목을 그대로 두었으면 더 좋았을 뻔했습니다. '십면매복'이 오히려 더 호기심을 자극할 수 있었을 것 같아서입니다. '천장지구(천지는 장구하다)'가 '천약유정(하늘에 정이 있다면)'보다 훨씬 더 좋은 제목이 되었던 것을 뒤집어서 한번 생각해보면 그렇다는 것입니다. 어려운 말이 오히려 더 호기심을 자극한 경우입니다. '천장지구'는 중국문학(백거이)과 중국철학(노자)을 배경으로 두고 있는 관용구입니다. 이루어질 수 없는 사랑의 한을 일컫는, 중국 식자들만 알고 있는 내용입니다. 그러니 '천장지구'라는 제목은 '적응과 순화(우리 문화에 맞게 하고 보다 알기 쉽게 하는)'라는 수입 영화 제목 정하기 원칙을 정면으로 거스른 케이스입니다. 철학과 문학을 제목에 가미해서 영화의 격을 높였습니다. '십면매복'을 '비도문'으로 영역한 것은 한자 문식력이 없는 외국의 관객들을 위한 배려였습니다. 대중을 대상으로 한 상업영화에는 그런 간단한 소재 상징 제목이 어울립니다. 그러나 삼각연애를 중시한 '연인'은 좀 안일했다는 느낌입니다. '천장지구'처럼 호기심도 부추기지 못하고 '의리의 사나이'처럼 무협영화를 보는 익숙한 사회적 코드도 반영하지 못했습니다. 무협영화 마니아들의 기본 요구도 간과했고(그들은 현실을 뛰어넘는 기개와 기예를 선호합니다), 작위적인 멜로드라마와 주인공들의 네임밸류에 편승하려는 안이한 선택을 했습니다. '십면매복'이라는 말뜻이 궁금해서 찾아봤더니 다음과 같습니다. "십면(十面)은 모든 방위나 장소를 뜻하고 매복(埋伏)은 누군가 숨어서 노린다는 뜻이니 십면매복은 도처에 적이 있어 피할 곳이 없다는 의미가 된다. 항우와 한신이 마지막 결전을 벌인 해하(垓下) 전투를 배경으로 해서 생긴 말이다. 『초한지』에서는 사면초가(四面楚歌)라는 말이 등장하고, 원나라 시대의 『전한서평화(前漢書平話)』라는 소설에서는 십면매복이라는 말이 등장한다"라고 되어 있습니다. 이 이야기가 동명의 비파곡으로 만들어져 오늘날까지 전해지고 있다고 합니다. '천장지구'처럼 유구한 역사성을 띤 사자성어입니다. 「연인」은 장예모 감독이 영화 잘 만드는 사람이라는 걸 확실히 보여주는 영화였습니다. 초반의 화려한 북춤 장면은 만고의 명장면입니다. 다만, 억지 삼각관계의 설정이 옥의 티입니다. 선남선녀가 만나서 뜨겁게 사랑하다 십면매복에 걸리고, 종횡무진으로 신비스런 비도가 날아다니고, 주인공이 비장하게 죽는 것으로 영화가 끝났으면 좋았을 것입니다. 굳이 옥의 티를 살려 '연인'이라는 제목을 단 것이 못내 아쉬운 대목입니다.

영화 「연인」에 등장하는 비장의 살상무기 비도(飛刀)도 무시무시한 병기이지만 세상에서 가장 무서운 칼은 '차도살인(借刀殺人)'이라는 말에 등장하는 차도(借刀)일 것입니다. 남의 칼을 빌려서 상대를 죽이는 것이 차도살인입니다. 제가 경험한 칼 중에서는 그 칼이 가장 무섭고 위력이 컸습니다. '남의 칼을 빌려 사람을 죽이는' 천생 악인들은 보통 양쪽에 다리를 놓고 왔다 갔다 하면서 이중적으로 처신하며 자신의 보신과 이득을 꾀합니다. 몸담고 있는 조직 내에 그런 인사가 있으면 정말 안 좋습니다. 그 주위에 사람이 몇 사람 붙어 있으면 최악이고요. 조직은 조직대로 상하고 이 사람 저 사람 다치는 이들이 속출합니다. 공공의 이익은 침해를 당하고 몇몇 사사로운 이해관계들이 조직을 지배합니다. 근 반세기에 가까운 세월을 조직원으로 살아오면서 그런 비열한 언더커버들을 많이 봐왔습니다. 직접 입은 피해도 적지 않았습니다. 반성해본다면 그만큼 그들의 표적지 구실을 도맡아서 하는 우매한 사회생활을 한 것이 되니 부끄럽기도 합니다. 다행스럽게도 치명적인 공격은 모면하면서 잘 버텼습니다. 이제 모든 공조직 생활에서 물러나서 되돌아보니 만감이 교차합니다.

눈을 돌려 최근의 나라 사정을 보니 꽤나 볼만합니다. 마치 나라가 춘추전국시대나 후한(後漢) 말기의 세월로 되돌아가는 느낌입니다. 영웅과 책사들이 용약하고 십면매복의 신세도 속출하고 차도살인의 자객들도 분주하게 암약합니다. 『주역』에서는 이런 상황을 어떻게 보는지 궁금해집니다.

『주역』 서른네번째 뇌천대장(雷天大壯), 대장괘(大壯卦)䷡는 '군자의 씩씩함'을 이야기합니다. 경문에 대한 상전의 해설은 "우뢰가 하늘 위에 있는 것이 대장(大壯)이니 군자가 이를 본받아서 예가 아니면 이행하지 않느니라"입니다. 군자는 대장으로서 예를 좇는 존재라고 강조합니다. 이어서 효사에서는 '군자의 씩씩함'에 대해서 하나하나 밝힙니다. 초구(初九)의 효사가 압권입니다.

초구(初九)는 발꿈치에 씩씩하니 가면 흉함이 틀림없으리라(初九 壯于趾 征凶有孚). 크게 씩씩한 자는 반드시 스스로 마쳐서 완성할 수 있으니, 다른 사람들을 억누르고 침범하면서 그 씩씩함을 다하는 이는 있지 아니하다. 아래에 있으면서 씩씩하므로 '장우지

(壯于趾)'라 하였다. 아래에서 강장하니 나아가면 반드시 궁하고 흉하므로 '정흉유부(征凶有孚)'라 하였다.(『주역왕필주』, 268쪽)

소인들의 씩씩함, 다른 이들을 억누르고 침범하는 씩씩함, 자신의 허물을 감추고 남의 허물을 파헤치는 씩씩함을 『주역』은 '장우지(壯于趾)'라 말합니다. 장(壯)해도 장(壯)하지 못한 것을 '발꿈치에 씩씩하다'라고 표현했습니다. 반드시 궁해질 행색입니다. 나머지 효사들을 이어서 소개합니다.

구이(九二)는 바르기 때문에 길하니라.
구삼(九三)은 소인은 장함을 쓰고(用壯) 군자는 그물로 여기니(用罔), 바르더라도 위태하니 숫염소가 울타리를 들이받아 그 뿔이 걸리도다.
구사(九四)는 바르게 하면 길해서 후회가 없어지리니, 울타리가 터져서 걸리지 아니하며 큰 수레의 바퀴통이 씩씩하도다.
육오(六五)는 양을 쉽게 잃으면 후회가 없으리라.
상육(上六)은 숫염소가 울타리를 받아서 물러나지도 못하며 나아가지도 못해서 이로운 바가 없으니 어려움을 견디면 길하게 되리라.(『주역왕필주』, 268~271쪽)

"소인은 장(壯)함을 쓰고 군자는 (그것을) 그물로 여기"는

데(쓰지 않고 때를 기다리며 참는데), 소인의 장함이 "숫염소가 울타리를 들이받아 그 뿔이 걸리"는 흉사를 만들어낸다는 것, 그리고 울타리를 헐어서 큰 수레가 나아갈 길을 막지 아니한다는 것, 그 모든 어려움을 견디면 장차 좋은 일이 있을 것이라는 말씀으로 읽힙니다. "소인은 장함을 쓰고 군자는 (그것을) 그물로 여긴다"는 말에서 많은 후회와 반성이 일어납니다. 사실 이 대목은 며칠 전 별다른 울림이 없어서 따로 생각을 하지 않고 건너뛴 부분입니다. 얼핏 남이 하면 '용장(用壯)'이고 자기가 하면 '용망(用罔, 그물로 씀)'이 아닌가 하는 용심(用心)도 있었습니다(그래서 순서가 뒤로 밀렸습니다). 과연 『주역』에서 상찬하는 군자(君子, 학식과 덕행이 높은 사람)라는 게 현실적으로 가능한 인간상인가 하는 회의가 들기도 했습니다. 한때 군자 같던 이도 높은 자리에 오르고 시간이 지나면서 그 소인 본색을 드러내는 것을 너무 많이 봐왔기 때문입니다. 제 개인적으로는 안팎으로 '숫염소가 울타리를 들이받는' 일도 빈번해서 제 자신을 돌아다볼 여유가 없기도 했습니다. 만약 그때 좀 더 마음을 가라앉히고 이 괘를 제 콘텍스트 안으로 초대해서 진지하게 음미했더라면 제 안을 들여다보고 그동안의 저의 '어둡고 막히고 굽은' 상황들을 좀 다스릴 수 있었을지도 모르겠습니다. 제 안의 어둡고 막히고 굽은 것에 대해서 한 말씀 드리고 이야기를 마무리하겠습니다.

중1에서 중2로 올라갈 무렵이었습니다. 우연히 집에 있던 성경책을 보다가 "보기에 좋았더라"라는 구절에 크게 한번 꽂힌 적이 있었습니다. 창조주 여호와가 세상을 창조하고 그것을 본 소감을 그렇게 적은 것이었습니다. 그 구절을 보는 순간 갑자기 기분이 맑아졌습니다. 그냥 그 말이 좋았습니다. "두고 쓰기에 좋았더라"도 아니고, "하느님 뜻이 실현되기에 좋았더라"도 아니고, 더군다나 "저들 인간이 살기에 좋았더라"는 더더욱 아니고, 그저 "보기에 좋았더라"였습니다. 그런 단순한 내용과 표현이 좋았습니다. 창조주의 세계 창조 후일담, 그것도 초일성(初一聲)치고는 정말이지 의외였습니다. 까닭 없이 친근하고 신선한 느낌이 들었습니다. 지금 생각해보니 일종의 해방감이었던 것 같기도 합니다. 한순간 그동안 내 앞을 가로막고 있던 차단막 하나가 스르르 위로 걷혀 올라가는 느낌이었습니다. 별것 없다. 산다는 게 별것 아니다. 기껏해야 보기에 좋은 것, 아니면 보기에 안 좋은 것일 뿐이다. 그나마 저 높은 곳에서 보기엔 그도 저도 모두 '보기에 좋은 것'일 뿐이다…… 아마 그런 생각이 들었던 것 같습니다. 그런, 미처 포획되고 분절되지 못한 어떤 초월적 관념의 포말들이 제 안에서 보글거리기 시작했던 것 같습니다.

무정형의 관념 상태였던 "보기에 좋았더라"가 실제로 제 현실로 강림한 것은 그로부터 일 년쯤 지난 뒤였습니다. 아직은 봄바람이 제법 쌀쌀할 때였습니다. 세상의 어떤 아름다움과도 비견될 수 없는 절대미가 홀연히 제 눈앞에 펼쳐졌습니다. 가히 절경이었습니다. 오래된 벚나무의 그 일사불란하고 거두절미한, 거의 폭거에 가까운, 장엄한 낙화 장면이 제 눈앞에 펼쳐졌던 것입니다. 난생처음 보는 '보기에 정말 아름다운' 광경이었습니다. 산언덕에서 바다 쪽으로, 마치 떼 지어 행군하는 작은 새 떼들처럼 일제히 바람을 타고 쏟아져 내리는 벚꽃들의 화려한 군무에 마치 혼을 놓치는 듯한 충격을 받았습니다. 쓸쓸히 낡은 담에 기대어 묵묵히 남루한 세월을 견디며 오직 그 하나의 장면을 연출하기 위해서 고된 삶을 살아온 고목들이었기에 더 감동적이었습니다(통학길에 있는 무학산 중턱의 고등학교 교정 담장을 따라 열 그루 정도 고목들이 늘어서 있었습니다). 가파른 언덕 위에 구부정하게 일렬횡대로 서서, 산바람인지 해풍인지, 항구의 차가운 봄바람에 그 화사한 자신의 여린 살점을 일말의 망설임이나 미련도 없이 한꺼번에 떨구어내던 오래된 벚나무들의 장렬한 산화, 그 아득하고 무심한 장면을 보는 저의 눈에서 하염없는 눈물이 흘러내렸습니다. 경황없이 치렀던 어머니와의 황망하고 미진했던 이별 의식이 그렇게 엉뚱한 장소에서 재연되며 질펀한 눈물을 마구 불러내고 있었던 것입니다. 어머니는 그 전해 벚꽃 망울이 채 여물기도 전에 어린 아들을 혼자 두고 세상을 버렸습니다.

그게 제 유미주의의 효시라는 것을 아는 데에는 오랜 시간이 걸리지 않았습니다. 그때 만난 무학산 기슭의 그 '장엄한 낙화 장면'은 누차 제 소설과 사담(私談)에서 누설되었습니다. 그것과 유미주의자 미시마 유키오의 『금각사』에 나오는 '마이츠루만(舞鶴灣)'을 연결시킨 것도 벌써 오래전 일입니다. 슬프고 아린 첫사랑이라는 공통분모 속에서 미시마 유키오와 저의 '무학(마이츠루)'은 어쩔 수 없이 동병상련해야 했습니다. 모든 우연한 재독(再讀)은 무의식의 예정된 스케줄에 입각해서 질서정연하게 찾아오는 것이라는 믿음은 그때부터 생겼습니다. 지상의 모든 유미주의가 결국은 파시즘의 그림자라는 것도 그 경험에서 알게 되었습니다. 다만, 그 모든 것들이 고스란히 '외상후스트레스장애'의 결과였다는 것을 아는 데에는 적지 않은 시간이 걸렸습니다. 그 찬란한 색감이, 그 요지부동의 유미주의가 고작 어린 부랑아의 오갈 데 없는 외상후증후군에 불과했다는 것을 인정하는 데 사십 년이나 걸렸습니다. 앞으로 또 무엇이 저를 기다리고 있을지, 조금 두렵습니다.

군자는
표범으로 바뀌고

소인낙성(小人樂成)

　소설 이야기 한 편으로 시작하겠습니다. 「노블카운티 사람들」(이수경, 『자연사박물관』, 강, 2020)이라는 단편소설입니다. 제가 사관학교 교관으로 군대를 다녀온 지도 사십 년이 지났습니다. 대학원을 졸업하고 나이 들어 처음 훈련소에 입소해서 군대문화에 적응하는 데 좀 힘이 들었습니다. 계급사회에 대한 거부감 때문에 더 힘들었습니다. "계급장을 보고(사람을 보지 말고) 경례하라"라고 교관들은 우리를 세뇌했습니다만 그렇게 한다고 당황스러움이 줄어들지는 않았습니다. 두어 달 지났을 때부터 자연스럽게 손이 올라갔습니다. 모자 위의 계급장을 향해 '반사적으로' 존경의 표시가 행해졌습니다. 평소 인사성 없이 살아온 입장에서는 실소를 금치 못할 일이었습니다 (그때까지 저 스스로 반골이라고 여겼습니다). 그런 감정은 외국에서 오래 살다 들어온 유학파들에게 더 심했던 것 같습니다 (사관학교 교관 후보생들이어서 그런 만학도 친구들이 몇 명 있었습니다). 그중 한 명이 밤에 숙소 밖에 나가 몰래 우는 것도 목격했습니다. 무엇 때문에 이런 막무가내 기율을 감당해야 하는지, 막돼먹은 병영의 계급문화에 적응하기가 힘들었던 것이지요. 그러나 두어 달쯤 지나서는 모두 다 잘 적응했습니다. 힘차게 구호를 붙이며 계급장만 보면 경례를 붙였습니다. 인간은 환경에 적응하는 동물이라는 걸 그때 확실히 알았습니다.

'계급'이 소설에 많이 등장하던 때가 있었습니다. 식민지 시대의 프로문학에서였습니다. 가진 자와 못 가진 자 사이의 갈등이 소설의 주 화제였습니다. 계급 해방이 일관된 주제였고요. 해방 이후에 좀 뜸하다가(분단이 고착화되는 6·25가 큰 영향을 미쳤습니다) 다시 70년대 민중문학에서부터 계급 문제가 대두했습니다. 경제성장과 함께하는 우리 사회의 계급 모순에 대해서 날카로운 비판과 자성이 문학작품 속에서 활발하게 개진되었습니다. 그중 가장 열광적으로 독자의 호응을 받았던 작품이 조세희의 『난장이가 쏘아올린 작은 공』과 조정래의 『태백산맥』이었습니다. 이 두 작품은 우리 문학사에 우뚝 솟은 찬란한 금자탑입니다. 우리 민족의 가장 아픈 곳을 한 점 여과 없이 속속들이 드러내고 있으면서 세계인들의 심금을 울리는 자랑스런 작품들입니다. '아픔'을 직시하면서 우리 문화는 성큼 크게 한 걸음 나아갈 수 있었습니다. 문학은 그렇게 상처를 관통하고 그것을 넘어섭니다.

표진년(表鎭年), 밀양(密陽) 출생

나이 101세 1919년생

경북여고 6회졸

왕고모는 종이에 쓴 것을 그녀 앞에 내밀었다. 왕고모를 따라 들어간 방은 그녀가 상상한 적이 있는 방이었고 상상했던 모습과 크게 다르지 않았다. 한쪽에는 침대가, 맞은편에는 금빛의 재봉틀이 있었다. 무엇보다 그녀의 눈길을 사로잡은 것은 재봉틀과 침대 사이에 가로놓인 2단 반닫이였다. 아주 오래된 것으로 보이지는 않았지만 적당히 낡은, 흰색과 노란색 자개 꽃문양과 앙증맞은 자물통으로 장식되어 있는 아름다운 반닫이였다.

(……)

"네가 그 표진년을 닮았다. 호야(화자의 아버지―인용자 주)의 친모……"

왕고모가 그녀의 얼굴을 찬찬히 들여다보며 말했다. 눈은 맑고, 가늘고 비음이 섞인 목소리에는 여전히 그들 집안의 억양이 묻어 있었다.[18]

이제는 '계급'이 소설의 해석학적 코드가 아니라 문화적 코드로 작용하는 시대가 왔습니다.[19] 흘러간 시대의 계급적 삶을

18 이수경, 「노블카운티 사람들」, 『자연사박물관』, 106~107쪽.
19 롤랑 바르트의 『S/Z』에는 내러티브에서 발견되는 다섯 가지의 코드가 소개되어 있다. 해석학적 코드, 함축적(의미론적) 코드, 상징적 코드, 행동적 코드, 문화적 코드가 그것이다.

묘사하는 작가의 시선이 계급해방이 아니라 인간 이해를 지향하는 것이 자연스럽게 받아들여집니다. 작가는 시대가 바뀌면서 몰락한 한 작은 계급사회의 처연한 모습을 아름답게 묘사합니다. 화자는 어렵게 자라서 학창 시절 사회개혁운동에 몸담았던 사람입니다. 이제는 사회(노동)운동가인 그들 부부는 지금도 학창 시절 다짐했던 지식인의 사회적 책무를 몸에 새긴 채 삽니다. 화자 주인공은 불행한 가족사의 희생이 된 아버지 슬하에서 일찍 어머니를 여의고 '계급 직강하'를 겪은 인물입니다. 그러나 아버지와 달리 여전히 옛 계급을 유지하며 '노블카운티'라는 고급 실버타운에서 지내고 있는 90세 넘은 집안 어른(왕고모)을 그리는 그녀의 시선은 따뜻하기만 합니다. 그녀에게는 '돈과 권세로 매겨진 계급'보다는 '사랑과 유대로 맺어진 계급'이 더 소중하기 때문입니다. 인생에서 진정한 '노블카운티'가 어디에 자리 잡고 있는지 잘 보여주는 소설입니다.

후회 없이 사는 일이 쉽지 않습니다. 그 누구의 인생이라도 만족보다는 후회가 많은 것이 인지상정인 것 같습니다. 근년에 임용된 속 모르는 젊은 후배 교수가 "늙어서는 선생님처럼 살고 싶습니다"라고 인사말을 건넵니다. 고맙기 그지없습니다만 저는 그냥 웃고 맙니다. 제 썩은 속을 모르니 하는 말일 것입니다. 제가 살아온 길을 뒤돌아보면 강물처럼 후회가 넘쳐납니다. 그래서 그런 것일까요? 괜한 일을 하는 것은 아닐는지, 무언가 새로이 일을 도모할 때마다 '후회 콤플렉스'가 작동합니다. "공연히 후회거리 하나 더 늘리는 건 아닐까?"라는 염려가 늘 뒤따릅니다. 그런 걱정이 앞서서 생각만 하다가 실제로 행동으로 옮기지 못했던 것이 여럿 있습니다. 가장 대표적인 것이 "교외에 마음에 드는 집 하나 지어서 유유자적하며 살자"라는 희망입니다. "살아생전에 집 세 채 지으면 제명에 죽지 못한다"는 속설의 공포 때문이기도 했지만 아예 엄두도 내지 못하고 포기했습니다. 물론 살아오면서 후회만 남긴 것은 아닙니다. 그 반대의 경우도 있기는 합니다. 별 기대 없이 시작했으나 '끝이 창대한' 것도 있습니다. 매일 한두 편씩 페이스북에 글을 쓴 것은 지금 생각해도 아주 잘한 일인 것 같습니다. 결코 후회 없는 일입니다. 제 '삶의 지평'이 많이 넓어진 것 같습니다. 가식 없이 자기를 만천하에 드러내는 일이 몇십억의 재산보다도 더 가치 있는 일임을 알았습니다. 후회가 없으니 앞으로도 그대로 갈 것 같습니다. 모르겠습니다만 큰 생각 없이 재미로 시작한 일이라 후회의 빌미를 주지 않았던 것이 아닌가도 싶습니다. 오늘도 평소 하던 대로 『주역』한 구절을 읽어보겠습니다.

혁(革)은 시일이 지나야 이에 믿으리니, 크게 형통하고 곧음이 이로워서 후회가 없어지느니라(革已日乃孚 元亨利貞悔亡). 저 백성이란 평상시에는 함께할 만하되 함께 변화에 대응하기는 어렵

고, 이루어놓은 것을 같이 즐길 수는 있으되 일을 도모하도록 꾀함
에는 같이하기 어렵다. 그러므로 혁명의 도는 그날로 믿지 못하고
시일이 지나야 이에 믿는다. 믿은 후에야 '원형(元亨), 이정(利貞),
회망(悔亡)'을 얻을 수 있다.[20] 시일이 지났는데 믿지 않으면 혁명
이 부당한 것이다. 회린(悔吝)[21]은 변동하는 데에서 생겨나는 것인
데, 혁명이 합당하면 그 후회가 없어진다.(『주역왕필주』, 375쪽)

『주역』은 작으나 크나 '혁명 좀 해보신 분들'에게도 좋은 책
입니다. 마흔아홉번째 택화혁(澤火革), 혁괘(革卦)䷰의 경문
을 해설하는 서두가 그렇게 말합니다. '혁명'이 삶의 한 과정
임을 생각하고 읽으면 더 깊이 와닿는 설명입니다. 사람이 사
는 일이 매번 곧 혁명하는 일이기에 예순네 개의 괘 중 하나로
혁괘가 취택된 것이 아닌가도 싶습니다. 인생에서 가장 중요
한 계기나 가치를 엄정하게 간추린 것이 『주역』 64괘이니까요.
'백성'에 대한 언급이 재미있습니다. 그들이 '이루어놓은 것을
같이 즐기는' 존재이지 '일을 도모하도록 꾀함에 같이하기'에
는 어려운 존재라는 것을 밝히고 있습니다(『주역』은 아무래도
'백성'들이 읽을 책은 아닌 것 같습니다. 군자와 소인으로 인간
의 계급을 명백하게 나누고 있습니다). 영웅들이 나타나서 그
들을 선동하고 감화시키기 전에는 그들은 꼼짝도 하지 않습니

20 크게 형통하고, 바르게 하면 이롭고, 후회가 없다는 뜻.
21 뉘우침과 유감스러움.

다. 보통은 영웅들이 몇 사람 죽어나가야 백성들은 움직입니다. 그만큼 이해타산에 밝고 제 몸을 철저히 아낍니다. 이 구절을 읽으면서 한 가지 사실을 알게 되었습니다. 저에게 큰 후회를 남긴 몇 가지 일들은 결국 제 주변의 '백성'들을 제대로 선동하고 감화시키지 못한 탓이었습니다. 제 주위에 '낯을 고치는' 사람들이 유독 많았던 것은 결국 저의 무사안일과 나태, 무능 때문이었습니다. 효사에서는 상육(上六)의 "군자는 표범으로 변하고 소인은 낯을 고치니(君子豹變 小人革面)"가 심금을 울립니다.

변화의 마침에 거해 변화의 도가 완성되었으니, 군자가 이에 처함에는 그 문채(文彩) 남을 이루고, 소인은 그 이뤄놓은 것을 좋아하므로 낯을 바꿔 위를 좇는다.(『주역왕필주』, 381쪽)

"소인은 그 이뤄놓은 것을 좋아하므로 낯을 바꿔 위를 좇는다(小人樂成 則變面以順上也)"라는 말이 만고불변의 진리라는 것을 재삼 확인하는 것으로 오늘의 『주역』 읽기를 마무리해야겠습니다. 표범이 되기를 기대하고 높은 자리에 앉혔더니 고작 하는 일이라곤 '낯을 바꾸는' 일뿐인 나라 일꾼들을 종종 봅니다. 혁명의 문채를 자랑하지 않고 고작 한다는 일이 '이뤄놓은 것을 좋아'하며 사리사욕을 탐하는 것뿐입니다. 그래서 혁명을 완성하지 못하고 또 망합니다.

안으로 시선을 돌려도 매한가지입니다. 남을 원망할 처지가 아닙니다. 제 개인의 삶도 그와 크게 다르지 않습니다. 길게 보면 표범이 되기보다 '낯을 바꾸는' 일에 더 능숙했습니다. 어려운 가정 형편도 있었고 타고난 엉터리 반골 기질 때문에 열두어 살 때부터 늘 혁명을 꿈꾸고 살았습니다. 운이 좋아 젊어서 연전연승, 제 나름의 혁명이 성공할 때는 한때 표범인 양했으나 오래가지 않았습니다. 나이 들면서 식솔을 거느리면서 '낯을 바꾸는' 일이 훨씬 잦았습니다. 돌아보면 후회가 가득합니다. 오늘 『주역』을 읽으면서 다시 혁명 앞에 섭니다. 제대로 '변화의 도'를 완성시키고 싶은 욕망이 꿈틀거립니다. 몸에도 마음에도 군살이 많아 우둔하기 짝이 없습니다. 곳곳에 배어 있는 군살부터 빼야겠습니다. 인생 정리기에 제가 새로 도모하는 일이 두 가지가 있습니다. 대학원에서의 글쓰기 전공 신설과 제대로 된 검도교실의 마련입니다. 앞의 것은 시절 운이 좋아 '낙성(樂成)'하는 단계에 접어들었고, 뒤의 것은 아직 '변화의 마침에 거함(居變之終)'을 보지 못하고 있습니다. 오랜 시간이 지나지 않아 그 역시 '낙성'할 수 있을 것으로 믿습니다. 마지막 혁명이니 부디 '표범'이 되어 잘 마무리했으면 좋겠습니다.

내가
배운 것만으로는_____

음식남녀(飮食男女)

　학교에서 '영상매체의 문학적 이해'라는 수업을 맡고 있었던
터라 직무적 차원에서 이런저런 영화를 섭렵했던 적이 있었습
니다. 이 수업은 초등학교 교육 현장에서 '창의적 체험활동' 수
업을 진행하는 데 필요한 교사 소양을 축적하는 것이 목표입
니다. 학과마다 한두 개씩 과목을 개설하여서 4학년 자유 선택
과목으로 운영합니다. 일반대학에서 교육대학으로 전근 온 뒤
제가 주로 가르치는 과목은 '문학의 이해'와 '대학국어'입니다.
심화과정에서는 '현대소설론'이라는 과목이 있었습니다만(임
용 시 제 주 전공이 그렇게 명시되어 있었습니다) "초등학생들
에게 소설 가르칠 일이 어디 있나?"라는 일부 무식한 여론에
밀려 '서사문학교육론'으로 이름을 바꿔서 동화, 우화, 소년소
설 중심으로 가르치고 있었습니다. 그 뒤로 여러 교육대학에
서 이 명칭의 교과가 개설되더군요. 그런 '깊이 가르칠 수 없는
상황'에서 '창의적 체험활동' 수업을 위한 교과목 개발을 한번

해보라는 공문을 받고 '판에 박힌 영화 이야기가 아니라 창의적인 문학적 발상으로 재미있게 영화 보는 법을 한번 찾아보는 것도 좋겠다'는 생각이 들었습니다. 그래서 만들어진 것이 '영상매체의 문학적 이해'라는 과목이었습니다.

학생들 반응이 의외로 좋았습니다. 제가 마음대로 떠들고 학생들은 제가 한 이야기의 관점에서 영화를 보기만 하면 되었습니다. 타 수업처럼 어려운 과제를 내거나 발표를 해야 하는 수업 부담이 없어서(영화 감상문 한 편 제출하는 게 기말과제였습니다) '꿀 빠는 수업'(학생들 표현입니다)으로 알려져 수강 신청 경쟁이 치열했습니다. 학생들이 몰린다고 해서 따로 강의료를 더 주는 것도 아니고 강의 평가에 가점이 주어지는 것도 아니어서 수강생 수에 그리 큰 의미를 두지는 않았습니다만 기분은 과히 나쁘지 않았습니다. 특히 친구의 자녀들이 수업을 듣고 집에 가서 "아버지 친구 짱이다"라는 말을 한다는 걸 전해 들었을 때 기분이 참 좋았습니다. 제가 그런 기분 좋은 말을 들을 수 있는 곳이 이전에는 검도교실 하나뿐이었는데 우연찮게 하나가 더 생겼던 것입니다. 제 과목 때문에 폐강되는 과목들이 속출해서 한 과목 수강 인원을 두 반으로 제한하자는 제안이 나오기도 했습니다(그 제안을 한 이가 "배고픈 건 참아도 배 아픈 건 못 참는다"라고 했답니다). 역시 영화로 수업을 하는 다른 학과의 교수님으로부터 "어떻게 해야 학생들을 모을 수 있는지 팁을 좀 달라"는 요청을 받기도 했습니다. "새로운 발견이 있어야 학생들이 좋아한다"라는 말씀을 드렸습니다. 또 그 비결을 묻는 다른 젊은 교수님에게는 "내가 배운 것만으로 가르치려 든다면 좋은 선생이 될 수 없다"라는 말씀도 드렸습니다. 하여튼 원로 교수가 되면서 대학원 수업 위주로 강의를 할 때까지 이 강좌는 저의 주 활동 무대였습니다.

그때 제가 선택한 영업 전략(?)은 앞에서 말씀드린 '발견의 기법'이었습니다. 작가주의 작품을 피하고 상업성이 강한 영화를 택해서 의외의 발견을 하는 즐거움을 학생들과 함께 나누는 것입니다. 「써머스비」와 「글루미 선데이」를 묶어서 '아버지의 이름'과 '어머니의 몸'이라는 줄리아 크리스테바 식의 '세계는 사랑으로 존재한다'를 설명하고, 「검우강호」와 「무협」 같은 영화를 묶어서 나를 버리는 헌신적인 사랑만이 구원에 다다르는 통로가 되고 그것의 무협적 표현이 '불패의 가족주의'가 된다는 것을 설명했습니다. 「음식남녀」, 「미나미 양장점의 비밀」, 「세상의 끝에서 커피 한잔」, 「바닷마을 다이어리」 같은 혼을 불태우는 직업인 영화(이른바 장인 영화)나 가족 다큐멘터리식 인생 영화(이른바 휴먼 다큐멘터리 영화)들은 '무엇이 되느냐'보다는 '어떻게 사느냐'가 훨씬 소중한 삶의 태도라는 것을(교사가 될 사람들이니까 특히) 알게 하는 교재로 사용했습니다. 그 이외에도 「터미네이터」, 「동방불패」, 「천장지구」,

「러브레터」,「동사서독」,「양들의 침묵」 같은 친근한 영화들을 그때그때 활용해서 심리학, 철학의 재미있는 화제들을 소개하곤 했습니다.

지금 돌이켜보니 그 강의를 위해서 이것저것 궁리하던 때가 좋았습니다. 특히 아무도 하지 않았던 일을 혼자서 만들어가며 했던 것이 참 좋았습니다.

오늘은 그때 본「음식남녀」(이안, 1994) 이야기로 시작해볼까 합니다.「음식남녀」도입부의 요리 장면은 눈에 띄게 화려합니다. 감독이 그 장면에 기울인 정성이 화면에 넘쳐납니다. 가볍고 명랑한 소리들과 함께하는 빛나는 요리의 영상미가 눈부십니다. 가슴까지 설레게 합니다. 먹기 위한 살생이 저렇듯 아름답게 묘사될 수 있구나 하는 탄성이 절로 터져 나옵니다. 요리가 그 자체로 하나의 미학이라는 것을 제대로 보여줍니다. 요리하는 장면 장면이 일절 다른 생각이나 느낌의 틈입을 허용하지 않습니다. 오직 '아름다움을 느껴라'라는 감독의 의도만 화면 위에 존재합니다. 그런 수준에서는 영화가 일종의 마술입니다. 관객의 시각을 희롱하고 사람의 마음을 쥐었다 폈다 합니다. 등장하는 여배우들도 요리만큼 아름답습니다. 오래 전의 인물들이지만 실제보다 훨씬 젊어 보입니다. 아마 그 부분은 시간의 마술이 아닌가 싶습니다. 제가 그만큼 늙었다는 거겠지요. 주인공 주사부가 아마 제 나이 정도일 것 같습니다.

남녀 불문, 나이 불문, 직업 불문하고 '음식남녀'를 도외시하고 살아가기는 힘듭니다. 음식남녀, 식색(食色)은 존재의 기본 조건입니다. 그것과 멀어지면 이미 사는 의미와 사는 재미의 절반은(어쩌면 그 이상일 것입니다) 잃는 셈입니다. 그렇게 보면 『주역』은 인생의 절반에 대해서만 이야기합니다. 실패하지 않는 법, 후회하지 않는 법, 허물을 남기지 않는 법, 싸워서 이기는 법, 동지를 간별하는 법, 나아갈 때를 아는 법, 상황을 파악하는 법 등을 주로 이야기하지 그 중요한 식색에 대해서는 거의 말을 하지 않습니다. 그래서 식색 이외의 것들에는 관심 두지 않는 이들에게는 사실 무용지물입니다(그래서 앞에서 『주역』은 '백성'들에게는 무용한 책일 것이라고 말씀드렸습니다). 그들 중에서도 남다른 식색(자기 영역에서 승리하는 인간으로 살기)을 누리고 싶어 하는 이들도 있기는 하겠습니다만, 일반적으로 '백성'들에게는 '거룩한' 『주역』의 가르침도 한갓 주사부의 생선 요리 한 점에도 못 미치는, 영양가 없는 말장난에 불과할 수도 있는 것입니다.

초구(初九)는 앞 발꿈치에 힘을 주니, 가면 이기지 못하며, 허물이 되리라(初九 壯于前趾 往不勝 爲咎). 상전에서 말하기를, 이기지 못하는데 가는 것이 허물이라(象曰 不勝而往咎也).(『주역왕필주』, 333쪽)

『주역』마흔세번째 택천쾌(澤天夬), 쾌괘(夬卦)▤▤에서는 초구(初九) 효사가 눈에 들어옵니다. '앞 발꿈치에 힘을 주다(壯于前趾)'가 인상적입니다. 앞으로 나가려는 의욕이 과하여 자신을 돌아다보고 때를 살피는 기회를 잃게 되는 '실패하는 형국'에 대한 이야기로 이해됩니다. 검도 수련에서도 '앞 발꿈치에 힘을 주'는 것은 절대 금물입니다(물론 최고의 경지, 입신의 경지에 다다르면 그렇게 할 수도 있습니다). 앞발은 방향만 잡고 체중을 뒤에 싣는 '뒷발에 힘주기'가 강조됩니다. 앞발에 체중이 실리면 적기에 몸을 실어서 앞으로 치고 나가기가 어렵습니다. 우족우수(右足右手), 중단세, '까치발'을 기본으로 하는 검도의 기술 패턴상 당연히 그럴 수밖에 없습니다. 상대를 먼저 치고 나가는 데에는 그것 이상의 방법이 없습니다. 펜싱도 마찬가지고요. 전심전력 자신의 몸을 던져서 상대를 치려면 '장우전지(壯于前趾)'는 절대 금물입니다.

선공후사를 내세우지만 그 내막은 '장우전지'에 불과한 것이 정치의 속살이라는 생각이 많이 듭니다. 때로는 한 나라의 정치가 「음식남녀」 영화 한 편보다 못하다는 생각이 들 때도 있습니다. 정치도 영화처럼 편집된 장면만 잘라 보여주는 눈속임 마술이면서 또 한편으로는 멋진 요리처럼 식재들의 조화로운 결합을 만들어내는 '불의 예술'이기도 하다고 합니다만, 요즘은 그런 멋진 장인(匠人) 정치인, 예술가 정치인들이 잘 보이지 않는 것 같습니다. 감쪽같은 마술이나 불의 예술은커녕, 마치 하루하루를 연명하기 바쁜 서민들에게 자릿세나 뜯는 동네 건달들의 놀음판 같습니다. 주사부 같은 요리 예술가나 이안 감독 같은 영상의 마술사까지는 바라지도 않겠습니다. 앞발꿈치에 힘이 잔뜩 들어간 못된 소인배들이라도 우리 눈앞에서 좀 사라졌으면 좋겠습니다.

기러기처럼 나아가기

솔선수범(率先垂範)

동물 비유가 즐겨 사용되는 것은 효과적인 '교훈 전달'의 필요성 때문이라는 것을 앞 장에서 말씀드렸습니다. 인간의 나쁜 속성을 비유할 때 많이 등장하는데 요즘 와서 특히 더 그렇다고 말씀드렸습니다. 『주역』이 비유와 상징의 보고인지라 동물 페다고지가 많이 활용되는 것은 어쩌면 당연한 일이라 하겠습니다. 많은 동물 비유들이 괘사나 효사에 등장합니다. 그중에서도 『주역』 쉰세번째 괘인 풍산점(風山漸), 점괘(漸卦) ䷴는 좀 특별한 괘입니다. 『주역』 64괘 중 육효의 효사가 전부 한 동물의 행색과 행적으로 설명되고 있는 것은 이 괘 하나뿐인 것 같습니다. 이때의 동물은 기러기입니다. 기러기 동물 비유를 통해 '적절히 나아가는 것의 이로움'을 강조합니다. 기러기라는 동물은 예나 지금이나 사회성이 높은 존재를 표상합니다. 동물 비유(상징) 중에서는 거의 독보적으로 긍정적인 이미지를 표상하는 동물입니다. 관습적 상징으로서의 기러기 표상은 역사적으로 거의 부정적인 이미지가 없는 특별한 예에 속합니다. 그런 기러기를 내세운 육효의 설명이 '나아가고 들어감(자기를 지킴)'의 이치를 잘 드러내고 있습니다. 육효의 효사는 다음과 같습니다.

초육(初六)은 기러기가 물가에 나아감이니, 소자(小子)에게 위태로워 말이 있으나 허물이 없느니라.

육이(六二)는 기러기가 반석에 나아감이라, 마시고 먹는 것이 즐거우니 길하니라.

구삼(九三)은 기러기가 산마루에 나아감이니, 지아비가 가면 돌아오지 못하고 지어미가 잉태하여도 기르지 못하니 흉하니 도적을 막는 것이 이로우니라.

육사(六四)는 기러기가 나무에 나아감이니, 혹 그 가지를 얻으면 허물이 없으리라.

구오(九五)는 기러기가 언덕에 나아감이니, 지어미가 삼 년 동안 애를 잉태하지 못하나, 마침내 이기지 못하니라. 길하리라.

상구(上九)는 기러기가 하늘로 나아가, 그 깃이 의표(儀表)를 삼을 만하니, 길하니라.(『주역왕필주』, 404~409쪽)

점괘(漸卦)의 주인공 기러기는 '리더의 자질', '처세의 요령', '수신의 자세' 등을 설명하는 보조관념으로 제 기능을 충실히 수행하고 있습니다. 기러기가 처하는 공간이 '물가', '반석', '산마루', '나무', '언덕', '하늘' 등으로 나누어져 설명이 되고 있는데, 한 집단의 리더가 입신(立身)해서 출세(出世)하여, 사회의 귀감이 되는 과정을 단계적으로 묘사하고 있습니다. 특히 구오(九五)의 효사 풀이가 재미있습니다. "능(陵)은 산마루 다음에 있는 것이다. 나아가 가운데 자리를 얻었으나 삼효와 사효에 막혀 그 응함과 합하지 못하므로 지어미가 삼년을 잉태하지 못한다. 그러나 각기 바르게 행동하고 가운데에 거하니 삼효와 사효도 그 길을 오래 막을 수 없는 것이다. 삼 년을 넘지 아니하여 반드시 원하는 바를 얻을 것이다. 나아가서 나라를 바로잡는다면 삼 년이면 될 것이요, 완성이 되면 도에 맞게 제도되므로 삼 년을 넘지 않는다"입니다.(408~409쪽) 봉건시대에 살았던 『주역』의 저자가 지금에도 적용될 법한 이른바 '기러기 리더십'을 이렇듯 자세하게 통찰했다는 것이 경이롭기까지 합니다.

제가 기러기(의 상징적 의미)를 처음 알게 된 것은 고등학교 시절 흥사단 아카데미 활동을 하면서부터입니다. 정식 단우가 되어 기러기 기장을 달고 있는 선배들을 보면 보기가 참 좋았습니다. 며칠 전 존경하던 그 시절의 한 선배님을 한 모임(고교 동창회 100년사 집필진 회의)에서 뵈었습니다. 작은 기러기 한 마리를 꿈꾸던 그 시절이 생각나 잠시 수십 년 묵은 정담을 나누었습니다. 이제 나이 들어 제 인생을 마무리할 때입니다만 아직도 제 가슴에는 기러기 한 마리가 날고 있습니다. 요즘은 젊은 정치가들 중에서 점괘(漸卦)의 주인공 기러기들을 자주 봅니다. 꿋꿋하게 '뚜벅뚜벅' 자기 행로를 걷고 있는 젊은 리더들이 보기에 참 좋습니다. 모두 '적절히 나아가는 것의 이로움'을 아는 사람들입니다. 세상은 아직도 모든 이들이 즐겁게 처할 수 있는 곳이 아니기에 그런 젊은 기러기들의 '나아감'이 필요합니다. 수천 년 전의 『주역』 집필자들도 이 세상이 누구에게나 '마시고 먹는 것이 즐거운〔음식간간(飮食衎衎)〕' 곳이 되기를 원했습니다. 아마 그래서 그 소망을 담아 이런저런 기러기 이야기도 했을 것입니다. 수천 년 동안, 기러기는 그 소망의 징표로 선택되고 있으니 복된 동물이라 하겠습니다.

사족 한마디 붙이겠습니다. 우리가 음식 맛을 보면서 '간간하다(입맛 당기게 약간 짠 듯하다)'라고 할 때 그 '간간'이라는 말의 출처가 혹시 『주역』에 나오는 이 '간간(衎衎)'인가요? 각주에 보니 공영달은 이 '간간'을 '낙(樂)'이라고 했다고 나오네요.

나그네
설움

고향무정(故鄕無情)

"타관살이 안 해본 자는 인생을 논하지 말라"는 말이 있습니다. 그 말이 "눈물 섞인 빵을 먹어보지 못한 자는 인생을 논하지 말라"와 비슷한 무게감을 가지고 제게 다가온 것은 서른 살 즈음이었습니다. '눈물의 빵'이 제 곁을 떠날 무렵 '나그네의 설움'이 제게 닥친 것입니다. 타관 땅에 직장을 얻어 무사히 정착하나 싶었는데 날이 갈수록 마음이 불편해지기 시작했습니다. 하루에도 몇 번씩 '고향' 생각이 났습니다. '고향'이라고 홑따옴표 속에 묶은 것은 그곳도 실은 제 고향이 아니었기 때문입니다. 소년기와 청년기를 보낸 곳으로 그저 고향처럼 느껴지던 곳이었습니다. 결국은 몇 번 이사를 오고 가다가 아예 그곳으로 솔가해서 눌러앉아버렸습니다. 다행히 '고향'에 자리가 하나 나서 좌고우면하지 않고 얼른 직장을 옮겼습니다. 그렇게 지금까지 살고 있습니다. '나그네 설움'은 많이 가셨지만 그사이에 지불한 기회비용이 만만찮았습니다. 경제적으로도 학문적으로도 그렇고 여타의 직장 생활이나 사회생활에서도 중심부 진입을 하지 못하고 늘 아웃사이더로 살았습니다. 얻은 것도 있습니다. 덕택에 글쓰기에 몰두해 책은 몇 권 가지게 되었습니다.

앞에서 '장소애(場所愛, topophilia)'에 관해 말씀드린 적이 있었습니다. 장소애에 사로잡혀 사는 이들은 어디에서 살든, 무엇을 쓰든, 결국 타관살이의 애틋함을 토로할 뿐이라고 했습니다. 어디서나 나그네 처지로 살아가는 것은 낯설고 불안정한 일입니다. 언제나 서러운 감정을 예비하고 사는 일이지요. 고향 산천이 애틋한 사랑의 대상이 되는 것은 그러한 절절한 나그네의 설움이 있기 때문일 것입니다. 그런데 어려서부터 이곳저곳 타관살이에 익숙해져야만 했던 처지에서(정작 고향 산천이랄 것도 없는 형편입니다) 굳이 장소애에 사무치는 것은 또 무슨 까닭인지 잘 모르겠습니다. 나이 들수록 젊어서(어려서) 떠나온 곳들이 분별없는 짝사랑의 대상이 되곤 합니다. 아마도 말 못할 속병이라도 든 모양입니다.

'나그네 처지'도 사실은 생각하기 나름입니다. 같은 나그네라도 자신을 나그네로 인식하는 정도에 따라 그 처지가 많이 달라집니다. 스스로 나그네를 자처하고 '지나가는 자'의 역할에만 머무는 자에게는 그만큼 갈등의 소지가 줄어듭니다. 안팎으로 감정의 소비가 한결 적습니다. 이해(利害)를 함께하는 자들과의 갈등도 한결 가볍습니다. 그렇지 않고 자신의 나그네 신세를 부정하고 매번 '주인의 자리'를 넘보게 되면 항상 불화가 싹틉니다. 그런 '역할 놀이'에서의 게임 룰은 크게는 한 나라의 정권을 다투는 일에서부터 작게는 한 개인의 정체성 확정에까지 끈질기게 자신의 영향력을 행사합니다. 특히 우리처럼 지역 연고와 문화적인 전통을 중시하는 사회에서는 어디든 '나그네/주인'의 이분법이 엄존합니다. 그런 이분법의 세상에서 나그네와 주인의 자리가 바뀌는 일은 아주 드뭅니다. 『주역』에서도 그런 이분법을 사용하는군요. 주인 되지 않은 자의 일거수일투족에서 흉(凶)을 읽습니다.

초육(初六)은 나그네가 자질구레하게 하니, 이는 재앙을 취하는 바이니라.

육이(六二)는 나그네가 머물 숙소에 들고 노자를 가지며, 어린 종의 바름을 갖추도다.

구삼(九三)은 나그네가 그 숙소를 불사르고 그 어린 종의 바름을 잃으니 위태하니라.

구사(九四)는 나그네가 처한 데에서 그 도끼를 얻으니 내 마음은 불쾌하도다.

육오(六五)는 꿩을 화살 한 대로 쏘았으나 없어졌느니라. 마침내 영예스러운 명을 받게 되리라.

상구(上九)는 새가 그 집을 태우니, 나그네가 먼저는 웃고 뒤에는 울부짖느니라. 소를 쉽게 잃으니 흉하니라.(『주역왕필주』, 426~431쪽)

『주역』쉰여섯번째 화산려(火山旅), 여괘(旅卦)☰☶의 효사는 보시다시피 나그네에 관한 것입니다. 타관살이에서 지나치게 나서는 것을 경계합니다. 두어 번의 인정을 받기는 하나 종내는 '울부짖을' 것이라고 처신에 조심할 것을 당부합니다. 사실 저에게는 이 당부 말씀이 아예 뼈에 새겨져 있습니다. 오늘 제 뼈에 새겨진 갑골문자를 『주역』에서 이렇게 만납니다. 고향이라 여기고 돌아왔지만, 이미 고향은 없었습니다. 그저 '나그네 처지'를 잊지 않고, 장소애를 함부로 남발하지 않을 것을 다짐하며 자중자애하며 살아갈 뿐입니다. 한번 흩어지면 다시는 모을 수 없는 것이 '나그네'로 타고난 자의 신세입니다.

"여(旅)라는 것은 크게 흩어지는 것이니, 사물이 다 그 거하는 바를 잃는 때이다. 다 그 거처를 잃으면 사물이 기댈 바를 원하니 어찌 지혜 있는 자가 유위할 때가 아니리오?"(426쪽)라고 경문의 해설에서는 '때의 중요성'을 강조하지만 이는 '주인 된 자들', '군자들'에게 해당되는 말이지 나그네에게 해당되는 말은 아닙니다. 나그네들은 그런 '때'를 오해하지 말라는 것이 『주역』의 당부입니다. "타관살이 하는 몸으로 아래에 베푸는 도를 행하니 대권을 침탈하는 싹이 동하는 것이다. 주인이 의심하므로 숙소가 불타고 어린 종을 잃으며, 자신은 위태롭다"(428쪽)라고 구삼(九三)의 효사에서 경계합니다.

한번씩 드는 생각입니다만, 나그네를 자처하며 '살찌는 도망'에 충실한 것이 꼭 올바른 생활일까 하는 자책이 없는 것도 아닙니다. 근심을 덜고 '집을 태우는' 재앙을 면할 수는 있지만 그것이 인생살이의 전부가 될 수는 없는 것이 남아로 태어난 자의 숙명이 아닌가 하는 잡념도 종종 듭니다. 죽을 자리를 일부러 찾아들 수도 있고, 열두 척으로 삼백 척을 향해 일자진을 펼칠 수도 있는 게 남아의 운명일 수도 있는 것입니다. 특히 내 집을 태워서라도 후손들에게는 훨씬 더 좋은 새집을 물려줘야 하지 않겠는가 하는 생각이 들 때면 더 마음이 흔들립니다. 오늘 아침이 특히 더 그렇습니다. 며칠 몸살기가 돌던 몸 상태가 맑은 햇살에 눈 녹듯이 사라졌습니다. 문득 두꺼비에게 "헌 집 줄게 새집 다오"를 본격적으로 한번 빌어볼까 하는 망상이 쳐들어옵니다. 분명 오래된 나그네의 망령입니다.

다시는 사랑으로
오지 말기

일시동인(一視同仁)

　요즘은 하지 않는 것이 있습니다. 노래를 안 부르고, 땀에 흠뻑 젖는 운동을 하지 않고, 밤새워 글 쓰는 일을 하지 않고, 닭고기 튀김, 오징어 튀김같이 기름진 것을 먹지 않고, 종교 행사에 참례하지 않고, 사람들을 만나 큰 소리로 떠들며 이야기하는 것을 하지 않습니다. 아, 또 있군요. '사랑'도 하지 않습니다. 그런 것들을 하지 않는 게 무에 그리 대단한 것이냐고, 아침부터 장황설이냐고, 타박하실 분이 계실지 모르겠습니다. 일전에 쓴 글에서 젊어서는 도박에도 한번 중독된 적이 있었다고 말씀드린 적이 있습니다. 그 시절에는 담배도 하룻저녁에 두어 갑씩 피워대곤 했습니다. 이사도 곧잘 다니고 동물들도 많이 키웠고요. 지금 생각해보니 '애정 결핍증', 아니면 '근원 결락 강박'에 많이 시달렸던 시절이었던 것 같습니다. 그런 것들과 결별한 중년 이후의 삶에서 그나마 의미를 두고, 재미를 붙이고 살던 것들이 그것들인데 요즘 들어서 자의 반 타의 반으로(절반은 코로나19 때문입니다) 하지 못하게 되었으니 여간 시원섭섭한 것이 아닙니다. 그게 무슨 소리지? '섭섭'은 알겠는데 '시원'까지 하다니? 그렇게 반문하실 수도 있겠습니다. 저도 처음에는 의아했습니다. 왜 이런 기분이지? 아무것도 안 하는데 왜 이리 아무렇지도 않지? 하물며 시원한 느낌까지 들잖아? 그랬습니다. 약간의 혼돈과 방황이 있기도 했습니다. 그러나 그렇다고 특별한 해결책이나 보완책이 있는 것도 아니었습니다. 달리 드는 생각도 없었습니다. 그러고는 그냥 그 기분을 순순히 받아들이기로 했습니다. 아주 먼 옛날, 아침에 눈을 뜨면 무얼 하고 놀 것인지부터 생각했던 그 어린 시절의 감성으로 다시 돌아가보자는 생각은 딱 한 번 했습니다.

제가 지금 사는 곳 근처에 '김광석 (다시 그리기) 거리'라는 명물(名物)이 있습니다. 아침마다 저는 그 길을 통해 신천(新川, 대구시를 관통하는 하천) 산책을 나섭니다. 신천은 대구의 한강입니다. 많은 시민들이 산책 코스로 애용합니다. 그곳을 시민들의 산책길과 휴식처로 개발하고 둑방길을 넓혀서 도시 순환도로를 만든 것이 대구시가 역대로 한 일 중에서 가장 잘한 일이라고 저는 생각합니다. 그다음에는 도심에 나무를 많이 심은 일이고요. 어쨌든 대구시가 신천을 개발하면서 그 신천 둑방길 아래로 난 좁고 누추한 골목길도 몇몇 사람들의 노력에 의해서 도심의 명소로 거듭나게 되었습니다. 이제는 제

법 카페 거리의 행색을 갖추고 손님맞이에 바쁩니다. 초창기의 '예술적 향기'는 물론 사라졌습니다. 몇 년 내로는 대규모 재개발 사업이 예정되어 있어서 또 한 번 환골탈태가 예정되어 있는 곳입니다. 저는 그 명물 거리가 생기면서 김광석이라는 가수를 처음 알게 되었습니다. 「공동경비구역 JSA」라는 영화에서 송강호가 "(김)광석이는 왜 그렇게 일찍 갔냐?"라는 대사를 칠 때도 저는 김광석이라는 가수를 몰랐습니다. 「너무 아픈 사랑은 사랑이 아니었음을」이라는 노래도 이 거리에서 처음 들었습니다. 이 노래가 나왔을 무렵에는 본격적으로 처음 겪는 타향살이에 적응하느라 세상의 모든 노래와 등지고 살았을 때였습니다. 그 뒤, 페이스북에서 작사가인 류근 시인을 알게 되고 이 노래의 이런저런 배경에 대해서도 알게 되었습니다. 가사와 곡조가 마음에 들어 즐겨 듣게 되었습니다. 이 가수 저 가수 것을 골라가며 듣기도 했습니다. 가장 심금을 울렸던 게 유튜브에 올라 있는 한 여자 고등학생이 부른 것입니다. 남자 고등학생이 기타로 반주를 넣고 그 옆에 수줍은 듯한 태도로 여자 고등학생이 다소곳이 앉아서 부른 것인데 고졸(古拙)한 맛이 있어 들을수록 감칠맛이 났습니다. 무릇 좋은 예술작품이란 자기가 가진 것에 보태어 향수자의 조력을 양껏 받아내는 힘을 가지는 법입니다. 그 소녀의 노래를 듣고 있노라면 김광석 거리 일대를 헤매었던 제 사춘기의 애환이 저 깊은 곳에서부터 스멀스멀 올라옵니다(다니던 고등학교가 지척에 있었습니다). 옛날 추억들이 거의 원형 상태로 재생되는 느낌을 받습니다. 세월이 많이 흘렀으니 이 학생들도 이제는 어른이 되었을 것입니다. 좋은 시절의 좋은 추억거리를 잘 만든 것 같습니다.

이 노래 가사 중에는 "다시는 사랑으로 오지 말자"라는 대목도 있습니다. 참 가슴 아픈 사연이자 맹세가 아닐 수 없습니다. 물론 제게도 심금을 울리는 노래 가사입니다. 좀 일찍 만났더라면 충분히 제 18번이 될 수도 있었을 겁니다(제가 젊어서는 노래 부르기를 꽤나 즐겼던 사람입니다). 너무 늦게 만난 탓에 그저 듣는 것에 만족할 수밖에 없습니다. 그 탓에 아직도 제 18번은 "그 시절 그 추억이 또다시 온다 해도 사랑만은 않겠어요"에 머물고 있습니다. 오늘은 괜한 넋두리가 많았습니다. 죄송합니다.

'사랑에 우는' 노래들을 좋아했던 제게 "고통스럽게 하는 절제는 바르게 할 수 없다(苦節不可貞)"라는 경문을 가진 『주역』 예순번째 수택절(水澤節), 절괘(節卦)䷻ 는 그야말로 심금을 울리는 괘입니다. 젊어서의 제 애정 편력이 모두 고절(苦節)한 것들이었던 모양입니다. 적어도 18번 노래를 보면 그렇게 짐작할 수밖에 없습니다. 설혹 그런 척하는 모종의 가짜 페이소스 취향이라고 해도 그 혐의를 완전히 벗을 수 없을 거라고 생각합니다.

구오(九五)는 달갑게 절제함이라, 길하니, 가면 가상함이 있으리라(九五 甘節 吉往有尙).「상전」에서 말하기를, '감절(甘節)'의 길함은 가운데에 자리 잡고 있기 때문이라.

상육(上六)은 (쓰도록) 고통스럽게 절제함이니 바르더라도 흉하고 후회가 없어지리라(후회하며 망하리라)(上六 苦節 貞凶悔亡).「상전」에서 말하기를, '고절정흉(苦節貞凶)'은 그 도가 궁하기 때문이라.(『주역왕필주』, 454~455쪽)

절제함에도 단것과 쓴 것이 있는데, '쓴 것'은 가급적이면 피하라는 말씀인 것 같습니다. '쓴 것'들은 늘 '도가 궁해질 것'들이기 때문에 오래가질 않습니다. 사람살이가 다 그런 것 같습니다. 친구와 술은 오래 묵힐수록 좋다고 하지만 옛정에 얽매여 너덜너덜해지도록 오래 사귄 친구와의 우정은 이미 우정이 아닌 것도 많습니다. 서로에게 사랑으로 올 '때'를 자주 놓칩니다. 깨끗하게 청산하는 게 좋을 때가 많습니다. '너무 아픈 사랑'을 강요하는 이들과 더 이상 아옹다옹할 때가 아닙니다. "그런 식으로 살려면 잘 가세요"라고 거침없이 말해야 합니다. 이제 듣기 싫은 소리 한두마디는 애써 아끼지 말아야겠습니다. 그래야 앞으로도 계속 '사랑으로 올' 미래(새로운 사람들)를 기대할 수 있을 것 같습니다.

용이 개천에 내려오면

무신불립(無信不立)

　동화든 우화든 『주역』이든, 동물들이 주된 이야기의 소재가 될 때는 반드시 어떤(분명하고 원초적인) 교훈을 남기고 싶을 때입니다. 누군가에게 '한 소식' 전하고 싶은 욕구가 절실할 때입니다. 그렇지 않다면 그렇게 남의 동네까지 가서 비유를 구할 일이 없습니다. 격하게 칭찬하거나 모질게 깎아내릴 용도로 모셔오는 그들 '비유가 되는 동물'들은 복합적이고 다면적인 현실의 인간을 배제하고 오직 '하나의 관념', '하나의 알레고리', '하나의 전경화(前景化)된 사건'으로만 존재합니다. 그런 차원에서만 이야기에 고용됩니다. 그들이 비유하는 것은 단 한 가지의 성격이나 비중이나 역할이나 효용뿐입니다. 여우는 교활한 마음을, 돼지나 곰은 욕심 많고 미련한 속내를, 용이나 호랑이는 걸출한 재능이나 용맹을, 전갈이나 독사는 무자비한 악한 성격을, 개나 닭은 하찮은 사회적 역할을, 새나 물고기 그리고 고양이 등은 주로 전조(前兆) 유무(어떤 것의 징조)나 재

213

화의 들고 남(축재나 손해)을 비유합니다. 앞의 동물들만큼 흔하게 등장하는 경우는 아니지만 벼룩이나 개미, 사마귀 같은 곤충들은 하찮은 소인배 인간이나 만용을 일삼는 인간을 비유할 때 종종 사용됩니다.

몇 가지 동물 비유의 예를 들어보겠습니다. "용이 개천에 내려오면 새우가 놀리고, 호랑이가 저잣거리에 내려오면 개들이 짖는다", "개와 닭이 집을 나가면 공들여 찾으면서 자신의 마음이 집을 나가면 찾지 않는다", "돼지에게 진주 목걸이를 주랴?", "여우같은 년", "돼지 같은 놈", "재주는 곰이 넘고 돈은 되놈이 번다", "당랑거철(사마귀가 수레바퀴에 대든다)이 따로 없다"와 같은 것들이 있습니다. 최근에 나온 것으론 "대중은 개, 돼지입니다"가 있습니다. 흔히 듣는 동물 비유의 빈번한 예들입니다. 근자에 올수록 인간의 좋은 면보다는 나쁜 면을 표나게 드러낼 때 동물 비유가 자주 사용됩니다. 옛날이야기, 특히 신화와 같이 시원적인 맥락을 중시해야 하는 이야기 속의 비중 있고 가치 있는 동물 배역들은 요즘은 거의 보이지 않습니다. 민족 단위 토템의 표상이 되거나 세상을 변화시키는 성숙이나 변화의 주체로 기용되는 일이 통 없습니다. 단군신화의 곰 할머니나 로마신화의 늑대 부모 같은 경우는 눈을 씻고 찾아보려야 없습니다. 인간의 조상이 되는 동물, 특별한 하늘의 은사가 내리는 지상의 존재, 감화를 입어서 인간으로 화하는 존재로 동물이 묘사되는 일은 이제 '호랑이 담배 먹던 시절'의 이야기가 되고 말았습니다. 하여튼 동물 비유법은 인류의 오래된 페다고지 중의 하나입니다. 동물 이야기가 나온 김에 고양이 이야기 한 토막 하겠습니다.

남녀 말고도, 사람을 두 종류로 나누는 방법은 여러 가지가 있습니다. 고양이를 좋아하는 사람과 고양이를 싫어하는 사람, 그렇게도 나눌 수 있습니다. 몇 년 전에 서울의 한 모모한 아파트에서 '고양이 대학살'이 이루어졌다 해서 항간의 화제가 된 적이 있습니다(옛날 프랑스에서도 그런 비슷한 '고양이 대학살'이 있었답니다. 『고양이 대학살』은 그 이야기가 담긴 책입니다). 길고양이들에게 최소한의 삶의 공간이 필요하다고 여긴 사람들이 아파트 지하 공간에 고양이 보금자리를 허용했는데 고양이를 증오하는 이들이 뭉쳐서 길고양이들을 몽땅 지하실에 가두어놓고 몰살을 시켰다는 것입니다. 애증을 떠나서 소름 끼치는 일입니다. "동물은 물건이 아니다"라는 조항을 민법 98조에 넣자는 법무부의 법률 개정안이 국회에 제출되어 있으니 앞으로는 많이 달라질 것으로 기대됩니다.

고양이에 대한 대접은 동네마다 다르고 나라마다 다릅니다. 이집트에서 가장 좋은 대우를 받았다고 기록에 나와 있습니다. 이웃 나라 일본도 우리보다 고양이에 대해서 훨씬 더 너그러운 것 같습니다. 우리나라도 크게 보면 고양이 인심이 그렇게 나쁜 편은 아닙니다. 요즘 들어 더 좋아지고 있는 느낌입니다. 애견센터만 있던 골목에 애묘센터들이 속속 등장하고 있는 것도 요즘의 추세입니다.

고양이는 '나비'라고도 부릅니다. 왜 그런 애칭이 생겼는지는 잘 모르겠습니다. 귀 모양이 나비 같아서라는 말도 있고, 나무를 잘 타서(원숭이＝잔나비) 그렇다는 말도 있습니다. '살찐이'라 부르는 지역도 많습니다. '살살 걷는다'에서 나왔다는데 그것도 정확하게 확인할 도리가 없습니다. 모두 민간어원설이기 때문입니다. 제가 고양이를 키웠을 때 범한 시행착오가 하나 생각납니다. 고양이에게는 산책이 필요 없다는 것을 몰랐던 일입니다. 개와 달리 고양이는 산책을 시킬 필요가 없었습니다. 여기저기 다니는 것을 결코 좋아하지 않았습니다. 자기 영역이 아닌 낯선 환경에서 받는 스트레스가 상당했던 것 같았습니다. 영역 동물의 특성이 외출을 싫어하는 것이라는 걸 나중에 알았습니다.

고양이에게는 다른 동물들과 구별되는 점이 하나 있습니다. 인간들의 이야기 전통 속에서 환생(還生) 동물로 자주 등장합니다. 고양이 환생이 인간의 상상력 속에서 왜, 어떻게, 얼마나 출현하는지 살펴보면 꽤 재미있는 이야기가 나올 것 같습니다. 여러 번(수백, 수천 번) 태어난 고양이 이야기가 심심찮게 전하는데 그런 이야기 씨앗이 어디에서 온 것인지가 궁금합니다. 고양이가 인간과 가까운 동물이면서도 변함없이 (수천 년 동안) 일정한 거리감을 유지하고 사는 존재라는 것, 그리고 자태나 동작이 신비주의적 경향을 띤다는 것, 외견상으로나 성격상으로나 다른 동물들보다는 종족 일체감이 더 강하게 느껴진다는 것 등등이 그런 '원형적 상상력'의 발현을 촉진시키지 않았나 하는 생각이 들 뿐입니다.

'고양이 환생'만큼 자주 회자되는 것이 '고양이 (같은) 사랑'입니다. '고양이 사랑'은 자기만 사랑하는 이기적 사랑의 환유로 종종 사용됩니다. 고양이의 행태에서 인간은 나르시시스트 에로티즘을 봅니다. 고양이에게는 좀 억울한 누명인 것 같습니다. 제가 키워본 경험으로는 오히려 고양이가 장소나 동족을 자기 몸보다 더 사랑하는 경우를 자주 보이는 것 같았습니다. 장소를 안다는 것, 공간을 사랑한다는 것은 자기 몸에 올인하지 않는다는 것을 의미합니다. 나르시시스트 에로티즘과는 거리가 있다는 말이지요. 고양이의 책임감도 돋보입니다. 제 경험상으로는 개들은 간혹 '개판'인 애들도 있었지만 고양이들은 언제나 쿨했던 것 같습니다.

인간이 하는 모든 이야기는 결국은 인간 자신에 대한 이야기입니다. 개미 이야기를 해도 결국은 인간에 대한 이야기고, 고양이 이야기를 해도 결국은 인간에 대한 이야기이고, 수억 원짜리 '별똥별 이야기'도 결국은 인간에 대한 이야기입니다. 모든 이야기들은 다 인간에 대한, 인간에게 바라는, 인간을 사랑하는, 인간을 위한, 인간의 이야기들입니다. 모든 이야기가 주는 교훈은 의외로 간단합니다. "자기를 버리고 사랑하라. 그러면 행복이 찾아온다"입니다.

오늘의 『주역』 읽기에서는 특히 동물에 대한 생각이 많아집니다. 『주역』 예순한번째 풍택중부(風澤中孚), 중부괘(中孚卦)☲☱는 돼지와 물고기가 주인공입니다.

중부(中孚)는 돼지와 물고기에까지 믿음이 미치면 길하니, 큰 내를 건넘이 이롭고, 곧음이 이로우니라(中孚豚魚吉 利涉大川利貞). 믿음이 선 후에 나라가 교화된다. 유(柔)가 안에 있고 강(剛)이 가운데를 얻으니 각기 제자리를 잡았다. 강이 득중하면 곧고 바르게 되고, 유(柔)가 안에 있으면 조용하고 유순해진다. 화열(和悅)하면서 공손하면 싸움이 일어나지 아니한다. 이와 같으면 사람들에 교묘히 다툼이 없어지고 돈실한 행실이 나타나고 신뢰가 그 가운데 피어나게 된다.(『주역왕필주』, 456~457쪽)

크게 좋은 일이 생기는 '이섭대천(利涉大川)'의 전제 조건이 '돼지와 물고기에까지 믿음이 미치는' 일이라고 『주역』의 저자는 강조합니다. 그렇지 않고 대중(민중)에 대한 교화의 노력도 없이 섭대천(涉大川)하다가는 어디까지 흉하게 될지 모른다고 경고합니다. '돼지와 물고기'가 등장하는 소이는 이렇게 설명이 됩니다. "물고기는 보이지 않는 동물이요, 돼지라는 것은 미천한 짐승이다. 다투어 경쟁하는 도가 일어나지 않고 마음속으로 받는 도가 순박하게 드러나면, 비록 은미한 사물일지라도 믿음이 다 미치게 된다."(457쪽)

중부괘(中孚卦)가 작금의 우리나라가 처해 있는 목전의 현실에 모종의 교훈을 내리고 있다는 생각이 듭니다. 교화 없이 하늘의 별을 따겠다는 이들이 서로 강을 건너겠다고 앞을 다투고 있습니다. 코로나19라는 흉적에게 크게 유린당한 살림과 민심을 시급히, 돈독히 복구해야 하는 때입니다. '커다란 하나의 에로스'가 작동되어야 하고[22] '돼지와 물고기'에게까지 위정자들의 교화가 미쳐야 합니다. '도가 순박하게 드러나', 믿음으로 어려움들이 다 해결되어야 하는 때입니다. 모두가 스스로를 단속할 때입니다.

아침에 일어나서 『주역』을 펼치면 그날그날 들어오는 글귀가 다릅니다. 좋은 것이 들어올 때도 있고 나쁜 것이 들어올 때도 있습니다. 오늘은 나쁜 것을 좋은 것으로 변화시키는 내용이 심금을 울립니다. 저 같은 물고기 인생에게도 한가득 감화를 안겨줄 용이 하늘에서만 놀지 말고 부디 이 땅의 개천에 내려오기를 고대해보는 아침입니다.

---

22 우리 사회를 한데 묶어내는 공통 이념이나 민족애 등, 공동체 사랑이 존재해야 된다는 것을 강조하는 말.

나는 새가 떠나고
구름이 빽빽할 뿐

비조이지(飛鳥離之)

'이섭대천'만큼은 아니지만 『주역』의 저자들이 즐겨 쓰는 말 중의 하나가 '밀운불우(密雲不雨)'입니다. "구름이 빽빽할 뿐 아직 비가 오지 못한다"라는 뜻입니다. 이 말에는 두 개의 뜻이 중첩되어 있습니다. 다중의 의미가 경계를 다투며 영역 싸움을 하는 것이 상징적 표현의 특징이므로 '밀운불우'의 중층적 의미가 서로를 공격한다고 해서, 혹은 정반대의 뜻을 동시에 의미한다고 해서 하등 이상한 일은 아닙니다. '밀운불우'는 ①어떤 일이 성사되기 직전의 충만한 상태라는 뜻과 ②어둡고 막히고 굽은 상태가 지속되는 아주 답답한 상황이라는 뜻을 동시에 함축하고 있습니다.

본디 사람은 욕심의 동물입니다. 본능이랄 수 있는 식색(食色) 이외에도 여러 가지 욕심을 부리며 삽니다. 특히 돈 욕심이 가장 큽니다. 돈을 비축해서 스스로 만족하고 타인에게 과시하기를 매우 즐깁니다. 명예욕도 만만치 않아서 물불 안 가리고 이름을 알리려는 사람들도 많습니다. 권세욕이나 외모 자랑은 동물들도 가지고 있다고 하니 논외로 하겠습니다. 어떻든 그런 욕심의 동물인 사람에게는 어쩔 수 없이 밀운불우의 시기가 있게 마련입니다. 요즘은 십 년 물용(勿用), 십 년 밀운불우가 유행입니다. 마치 당연한 통과제의처럼 적용되는 분야도 있습니다. 권력을 지닌 자리들이 특히 그렇습니다. 대통령, 서울시장 같은 큰 자리는 거의 다 '십 년 밀운불우'를 거쳐야 됩니다. 십 년은 '어둡고 막히고 굽은' 상태를 겪어야 합니다. 애초에 처음부터 끝까지 '순풍에 돛 달고'는 없습니다. 그만큼 세상이 복잡해지고 있다는 말이기도 하겠습니다. 그래서 역설적이게도 "누가 십 년 밀운불우를 잘 견디고 있나?"가 사람 고르는 기준이 되고 있다는 느낌마저도 듭니다.

인생에 둔 뜻이 깊어 포부가 큰 사람들에게는 『주역』의 밀운불우가 특히 중요한 말씀인 것 같습니다. 순풍에 돛을 달고 시원스레 앞으로 나아가다가도 순간순간 밀운불우에 부딪혀 매사 답답할 때 어떻게 행하고 취해야 할지를 『주역』이 잘 일러줍니다. 앞으로 나아갈 때는 모든 일이 선후가 분명한데 막히는 상황이 오면 매사 원인도 불투명하고 결과도 시원스럽지 못합니다. 밀운불우, 구름이 빽빽할 뿐 비가 오지 않습니다. 땅과 하늘, 아래위가 통하지 못하여 찌는 듯 사람만 괴롭게 하고 정작 시원한 비는 오지 않는, 막히고 어두워 답답한 형국입니다.

그때 참을성을 발휘하고 주변을 계속 챙기고 좋은 사람들과의 만남을 게을리하지 않아야 합니다.『주역』예순두번째 뇌산소과(雷山小過), 소과괘(小過卦)☶☳의 육오(六五) 효사를 보면 그런 '답답한 때'의 전말이 상세하게 묘사됩니다.

　　육오(六五)는 빽빽한 구름에 비가 내리지 않음이 우리 서교(西郊)에 이르렀으니, 공(公)이 구멍 속에 숨어 있는 것을 쏘아 잡도다(六五 密雲不雨 自我西郊 公弋取彼在穴). 소과(小過)는 작은 것이 큰 것보다 지나친 것이다. 육(六) 즉 음으로 오위를 얻었으니 음이 성하여서 구름이 빽빽하지만 비 오지 않음이 서쪽 교외에까지 이른 것이다. 저 비라는 것은 음이 위에 있는데 양이 비벼대도 통함을 얻지 못해 찌는 듯하다 비가 된다. 지금 간괘(艮卦)가 아래에 그쳐서 사귀지 못하므로 비가 오지 않는다. 이런 까닭에 소축괘(小畜卦)는 (아래 양효들이) 나아감을 얻어서 비가 오지 아니하고, 소과괘는 양이 위로 사귀어 통하지 않으므로 또한 비가 오지 않는 것이다. 비록 음이 위에서 성하나 아직 베풀어주지는 못한다. 공(公)이라는 것은 신하의 끝이다. 육오는 음의 극성이므로 공이라 칭하였다. 익(弋)은 활이다. 구멍에 있는 것은 숨어 엎드려 있는 것이다. 소과라는 것은 적게 지나쳐서 난이 아직 크게 일어나지 않고 오히려 숨어 엎드린 것이다. 음의 몸으로 소과를 다스려서 조금 지나친 것을 사로잡을 수 있으므로 '공익취피재혈(公弋取彼在穴)'이라 하였다. 지나친 것을 제거하는 도는 잡는 것에 있지 아니하니, 그래서 구름이 빽빽할 뿐 아직 비가 오지 못하는 것이다.(『주역왕필주』, 460쪽)

한여름, '밀운불우'처럼 사람을 지치게 하는 것도 없을 것입니다. 숨 막히게 습도는 높고 날은 더워 그야말로 진땀이 나게 합니다. 나라일 빗대자면 공경대부들은 무사한데 (그들의 무사안일로 인해) 백성들만 죽어나는 형국입니다. 상하가 불통이어서 매사 어둡고 막히고 굽은 상태입니다. 마치 현재 우리 사회가 처한 극한의 '불통의 시국'을 묘사하고 있는 듯합니다(이 글은 2015년 4월 17일에 처음 쓴 것입니다만 고쳐 쓰지 않아도 될 듯합니다). 다음 효사를 보면 더 그렇습니다.

상육(上六)은 만나지 아니하여 지나치니, 나는 새가 떠남이라. 흉하니 재앙이라(上六 弗遇過之 飛鳥離之凶 是謂災眚). 소인의 지나침이 드디어 상극에 이르렀으니 지나쳐도 한계를 알지 못하고 너무 지나친 데에까지 이르게 되었다. 너무 지나쳤으니 무엇을 만나리오? 날기를 그치지 아니하니 무엇에 의탁하리오? 스스로 재앙을 불러들인 것이니 다시 무엇을 말하리오!(『주역왕필주』, 470쪽)

뇌산소과(雷山小過), 소과괘(小過卦)의 효사를 다시 읽으며 수년 전의 나라 상황을 되돌아봅니다. 시국과 관련해서 밀운불우를 한탄하고 그 얼마 뒤 나라가 뒤집어집니다. 밀운불우의 극점에서 하늘에서 비가 쏟아졌습니다. '비조이지(飛鳥離之)', 나는 새가 떠나고 백성들을 숨 막히게 하는 상황도 종료됩니다.

해진 옷가지를
준비해두고_____
초길종란(初吉終亂)

젊어서 한 삼 년 입시학원 강사로 근무한 적이 있습니다. 시내에서 가장 규모가 큰 학원이었습니다. 보습반(입시학원은 단과반과 보습반으로 대별됩니다) 학원으로 강의료도 꽤 높은 편이었고 구성원 강사들도 모두 일류급(요즘 말로는 일타강사급)이어서 당연히 직장 분위기가 좋았습니다. 경영 방침으로도 인화(人和)가 특히 강조되었습니다. '뭉쳐야 산다'가 기본 기조였습니다. 직원 연수회나 경조사 참여율은 늘 백 퍼센트였습니다. 원내 서클 활동도 활발했습니다. 입사할 때 반드시 한 개 이상의 취미 서클에 가입하도록 했습니다. 공식적으로는 테니스부, 등산부, 수영부가 있었고 비공식적으로는 마작부, 고스톱부, 댄스부 같은 것들이 있었습니다. 저는 고스톱부에 들었습니다. 과주임 선생님이 고등학교 은사셨는데 그 서클의 주장을 맡고 계셔서 자연스럽게 가입하게 되었습니다. 학창시절에는 주로 카드놀이를 많이 했는데 종목을 화투로 바꾸니 처음에는 적응이 잘되지 않았습니다. 첫해는 이른바 호구 노릇을 단단히 했습니다. 한 일 년 열심히 따라다니며 보고 배우니 화투가 손에 좀 익기 시작했습니다. 다음 해부터는 오십 퍼센트 정도의 승률을 유지할 수 있었습니다. 그 사이에 도박 중독자가 되었습니다. 그때는 자나 깨나 '어떻게 하면 한판 멋지게 벌일 수 있을까?' 하는 생각뿐이었습니다. 모든 생활이 화투판을 중심으로 이루어졌습니다. 좋은 한판의 도박을 위해서 직장도 잘 다니고(돈도 잘 벌고) 좋은 인간관계도 맺고(늘 웃고) 성실하게 건강관리도 한다는(틈틈이 운동도 하고) 식이었습니다. 주객이 완전히 전도된 것이지요. 일단 집사람이 좋아했습니다. 덕분에 남편이 건실한 생활인이 되었으니까요. 열심히 강의를 해서 돈도 잘 벌어오고, '돈 안 되는' 친구들 만나서 쓸데없이 돈 쓸 일도 없어지고, 못 먹는 술 먹고 실수할 일도 없어지고, 소설 쓴다고 인상 쓰고 낑낑거리는 일도 없어지고, 무엇보다도 '하우스'를 개설해서 용돈도 짭짤하게 벌 수 있었기 때문입니다. 집사람은 여덟 명이나 되는 고스톱 부원들(제가 가장 어렸습니다)을 늘 친정 오라비처럼 반갑게 맞이하곤 했습니다.

그때 알았습니다. 도박만큼 인간을 순수하게 만드는 것이 세상에 또 없다는 것을요. 자신의 전 운명을 걸고 한판의 승부에 몰두하는 그 순간만큼 인간의 영혼을 맑게 만드는 것이 없었습니다. 그때만큼 제 영혼이 투명했던 적은 그 후로 다시는 없었습니다. 그렇게 세상 모든 잡스러운 것들을 일거에 물리칠 수 있는 수단을 다시 보지 못했습니다. 주머니 두둑이, 혹은 좀 모자란 듯이 도박 밑천을 가지고 도박장으로 향할 때의 그 '구름 위를 걷는 듯한 기분'을 지금도 잊지 못합니다. 물아일체, 기운이 순조로워서 날개를 단 듯 그날의 판을 휩쓸고 마지막에 몇 푼의 개평을 이 사람 저 사람에게 나눠줄 때는 마치 세상을 다 얻은 듯했습니다. 그 일 말고는 제 인생을 빛낼 일이 또 없었습니다. 물론 그런 '복에 겨운' 행운을 누리는 날이 많았던 것은 아닙니다. 상대들이 모두 절정의 고수들이었기 때문에 승률 오십 퍼센트를 유지하는 일이 쉽지 않았습니다. 그러나 승부의 결과를 떠나 누릴 수 있는 복락이 있었기에 늘 행복했습니다. 제가 그때 도박판에서 누릴 수 있었던 가장 큰 복락은 진정한 형제들, 저와 함께 이 세상을 나누어 가지던 그 진(眞)도박사들과 함께했던 일이었습니다. 헤밍웨이가 『노인과 바다』에서 썼던 "형제여 오라! 누가 누구를 죽이든 그건 아무런 상관이 없다!"를 도박판에서 고스란히 실감할 수 있었기 때문입니다. 저는 그런 면에서 운이 좋았던 편입니다. 저에게 어디서든 "사람이 먼저다"를 가르쳐주신 그때 그 시절의 도박판 선생님들께 깊은 감사의 뜻을 전합니다.

그때 좌우명으로 삼은 것이 "초장에 따지 말자"였습니다. 아무래도 초장에 돈을 좀 벌게 되면 뒤로 갈수록 마음이 느슨해져서 결국에는 다 잃는 일이 많았습니다. 하루이틀 하는 것도 아닌데 그게 그리 어려운가? 그렇게 반문하실지 모르겠습니다만 그게 그렇지가 않습니다. 도박판은 매번 어렵습니다. 매번 새롭고 매번 새로운 염력과 기술을 요구합니다. 초를 다투는 결단과 게슈탈트적인 직관의 경연장인지라 불굴의 투지와 과감한 예기(豫期)를 총동원해서 승부에 몰두해야 합니다. 그렇게 판을 주도하는 힘을 만들어내지 못하면 이길 수 없습니다. 한순간만 방심하면 급전직하, 천 길 낭떠러지 아래로 굴러떨어집니다. 백전백패입니다. 그런데 초기에 우연한 행운을 만나(하룻밤 새다 보면 특별한 날을 빼고는 한 번쯤 그런 행운이 찾아옵니다) 공으로 돈을 벌게 되면 자신도 모르는 사이에 그 엄정한 승리 게임의 룰을 잊게 됩니다. 한 번 다녀갈 뿐인 행운이 끝까지 내 곁에 머물 것으로 착각합니다. 그렇게 방심하게 되면 한순간에 모든 것을 잃게 됩니다. 한번 내리막길을 타게 되면 그 판은 영영 회복이 불가능해집니다. 발버둥 치면 칠수록 수렁에 빠져듭니다. 도박판은 그 어떤 곳보다도 확실하고 냉정한 '승리의 법칙'이 존재하는 곳입니다. 그걸 알고 끝까지 집중하면 따고 한순간이라도 방심하면 잃습니다. 거의 하루 걸러 한 번씩 만나서 화투를 치는 사이에도 그런 일이 매번 반복됩니다. 종이 한 장의 차이로 웃고 우는 사람이 매번 바뀝니다.

『주역』예순세번째 수화기제(水火旣濟), 기제괘(旣濟卦)☲☵ 경문에서 그 옛날 도박판의 좌우명을 만납니다. '초길종란(初吉終亂)'이 그것입니다. 기제괘는 경문과 효사들의 서사성이 아주 높습니다. 마치 한 편의 짧은 우화를 읽는 듯한 느낌마저 선사합니다. 차례대로 소개해보겠습니다.

기제(旣濟)는 작은 것도 형통하게 하니, 곧음이 이로우니 처음은 길하고 마침은 어지러우니라.

초구(初九)는 그 바퀴를 끌며 그 꼬리를 적시면 허물이 없으리라. 기제(旣濟)의 맨 처음으로 건너가기 시작하는 자이다. 건너기 시작하니 아직 조급하게 아니하므로 바퀴를 끌고 꼬리를 적신다. 비록 순탄한 데까지 이르지는 못하였으나 마음에 연연히 돌아봄이 없음은 난을 벗어나는 데 뜻을 두었기 때문이다. 그 의의 상에서 허물할 바가 없다.

육이(六二)는 지어미가 머리 장식을 잃음이니, 좇지 않아도 이레 만에 얻으리라.

구삼(九三)은 고종(高宗)이 귀방(鬼方)을 쳐서 삼 년에야 이기니 소인은 쓰지 말지니라.

육사(六四)는 (배가) 새는데 해진 옷가지를 준비해두고 종일토록 경계하느니라. 저 틈이 난 버려진 배가 건널 수 있는 것은 해진 옷가지가 있기 때문이요, 이웃이 친하지 않은데도 온전함을 얻을 수 있는 것은 종일 경계하기 때문이다.

　구오(九五)는 동쪽 이웃의 소를 잡음이 서쪽 이웃의 간략한 제사로써 그 복을 받음만 못하니라.

　상육(上六)은 그 머리를 적시느니라. 위태로우니라. 기제의 극에서 기제의 도가 다하면 미제(未濟)로 가고, 미제로 가면 머리부터 먼저 빠지게 된다. 지나치게 나아가 그침이 없으면 난을 만나므로 '유기수(濡其首)'이다. 곧 가라앉게 되므로 위태함이 이보다 앞서는 것이 없다.(『주역왕필주』, 471~477쪽)

　경문과 효사의 내용은 선대의 고사에서 인용한 수치(칠 일, 삼 년)나 배, 소 등의 구체적인 보조관념의 사용으로 보다 설득적이고 설명적인 서술을 이루어내고 있습니다. 전체적인 맥락은 어려움을 알고 조심조심 환란에 대비해서 무사히 목적지에 도달하라는 권고에 닿아 있는 것 같습니다. 서두에서 밝힌 저의 도박꾼 소회에 크게 다르지 않습니다. 죄송합니다. 거룩한 『주역』의 말씀을 애송이 노름꾼의 잡설에다 비견했습니다. 그러나 '사람'들이 빚는 모든 승부의 세계에서는 '초길종란'이 불변의 이치라는 것 하나는 분명한 것 같습니다. 결정적일 때, 깨진 배로 강을 건널 수 있었던 것이 (사람들이 버리는) '해진 옷가지' 덕분이었다(그것으로 물이 새는 곳을 막을 수 있었다)는 것도 참 적절한 비유인 것 같습니다.

작은 여우는
큰 내를 건널 수 없으니

대기만성(大器晩成)

'나는 해도 안 된다. 그런 불운을 안고 태어났다.' 그렇게 생각하며 살던 때가 있었습니다. 유소년기의 전부를 그런 우울한 기분으로 살았던 것 같습니다. 중학교에 입학할 때까지 전반적으로 그런 느낌에서 벗어나지 못했던 것 같습니다. 생각해보니 그때의 저는 어린 병자(病者)였습니다. 그 나이에 어울리지 않게 무언가를 잔뜩 짊어지고 살았습니다. 그렇게 된 이유는 잘 모르겠습니다만, 그것에서 벗어나는 데에는 꽤나 길고 힘든 암중모색이 필요했습니다.

십대 후반에서 삼십대 초반에 이르기까지, 승률을 높이며 그 열패감과의 싸움에 열중했습니다. 나름 약간의 성취감도 가질 수 있었습니다. 그러나 삼십대 중반에 접어들면서 옛날의 그 우울한 기분이 다시 찾아들었습니다. 남들이 보기에는 남부러울 것 없는 가정의 성실한 가장이 되어 있었는데 어디서 온지도 모르는 열패감에 다시 시달려야 했습니다. 일모도원(日暮途遠), '해는 저물고 갈 길은 멀다'라는 말이 자주 저의 혀끝에 머물기 시작했습니다. 조급한 심정으로 좌불안석했습니다. 좋은 걸 하나 보면 진득하게 만지고 쓰다듬으며 그냥 두고 즐겨야 하는데 그러지를 못하고 조바심으로 주물러 터뜨리지 못해서 안달이었습니다. 지금 생각해보니 그때 역시 저는 '나이 든 어린 병자'였습니다. 아직도 무언가를 잔뜩 짊어지고 살았습니다.

짐을 벗기 위해서는 먼저, 몸으로 부딪쳐야 되겠다는 생각이 들었습니다. 어릴 때의 열패감에서 처음 벗어날 수 있도록 저를 격려한 검도가 생각났습니다. 중3 여름방학 때 아버지가 교회 앞마당에서 가르쳐준 검도의 기본 동작은 그동안도 꾸준히 혼자서 해오고 있었습니다. 가까운 도장을 찾아 본격적으로 수련을 했습니다. 다행히 좋은 스승을 만나 꽤 오랜 기간 심장이 터지고 온몸이 부서지는 듯한 고통도 마다하고 몸과(몸으로) 싸웠습니다. '나와의 싸움의 기술'인 검도는 그때부터 제 삶의 주된 일과가 되었습니다. 어려웠지만 '어린 병자'가 부리는 심술은 상당히 완화시킬 수가 있었습니다. '검도하는 양 아무개'가 전국적으로 알려지기도 했습니다. 그러자 또 다른 위기가 저를 찾아왔습니다. 나이 오십에 닥친 일입니다. 자의 반 타의 반 안 좋은 일에 휘말려 굳이 안 봐도 좋을 '신세계'(장르영화 「신세계」를 연상하시면 되겠습니다)를 두루 섭렵하는 고통을 겪어야 했습니다. 그 과정에서 한 번 더 모질게 마음을 싸잡아야 했습니다. 이때 글쓰기가 제게 큰 도움을 줬습니다. 하루도 거르지 않고 매일매일 글을 썼습니다.

글쓰기가 저의 만년의 삶에 미친 영향은 아무리 강조해도 지나침이 없습니다. 청년기의 입신양명 노력과 중년기의 검도를 통한 자신과의 싸움에 비견할 만한 만년기의 자기 성찰이 글쓰기를 통해서 많이 이루어졌다고 생각합니다. 성찰적인 글을 주로 써나가면서 "선한 사람은 어떻게 행동해야 하는가를 논하는 것은 이제 그만하고 선한 사람이 되도록 하라"라는 마르쿠스 아우렐리우스의 말을 자주 상기했습니다. 글의 내용은 젊어서 조바심으로 주물러 터뜨린 것들을 다시 수습하고, 늙어서 다시 보게 된 것들을 하나씩 첨가하는 것으로 주로 채웠습니다. 그러면서 "오늘 아침 글을 쓰지 않은 자는 작가가 아니다"라는 당연한 말씀을 매일 아침 마음에 새겼습니다. 일모도원, 항상 해는 저물고 갈 길은 멀었지만 매일 아침이 제겐 늘 출발점이었습니다. 그리고 그동안 외면하며 살았던 신의 존재에 대해서도 겸허히 다시 숙고할 필요를 느꼈습니다.

"놈들은 재미있는 장난을 하나 생각해냈지. 그들은 어린애를 웃겨보려 머리를 쓰다듬어주기도 하고 얼러보기도 하는 거야. 그러다가 마침내 성공해서 아이가 웃기 시작하면, 바로 그 순간 터키놈 하나가 아이 얼굴에서 한 자도 안 되는 곳에서 권총을 겨누는 거야. 그러면 아이는 깔깔 웃어대며 권총을 잡으려고 조그만 손을 내밀거든. 이때 이 예술가는 아이 얼굴에다 대고 방아쇠를 당겨서 그 조그만 머리를 박살내고 마는 거야…… 이 얼마나 예술적이냐, 그렇잖니? 부언하자면 터키인들은 단것을 무척 좋아한다는 거야."

"형님, 뭣 때문에 그런 얘길 하시는 거죠?"

알료샤가 물었다.

"내가 생각하기엔, 만약 악마라는 것이 존재하지 않아서 인간이 창조해냈다고 한다면 인간은 자기 모습과 비슷하게 그걸 만들어냈을 거야."

"그렇다면 신(神)의 경우도 마찬가지죠."[23]

악마가 없었으면 신도 존재할 필요가 없었을 겁니다. 감당할 수 없는 악의 존재를 목격하고서도 신을 부르지 않는다면 그는 인간이 아닙니다. 그 말은 결국 인간은 스스로를 충분히 이해할 수 없다는 뜻이기도 합니다. 인간은 제 안의 그 무엇을 해결하기 위해서 또 다른 그 무엇이 필요했습니다. 알료샤의 말, "그렇다면 신(神)의 경우도 마찬가지죠"라는 대사는 아무래도 허언인 것 같습니다. 그저 짝을 맞추기 위한 값싼 대구(對句)에 불과한 것 같습니다. 인간에 내재한 신은 없습니다. 신은 언

---

23 도스토예프스키, 『카라마조프가의 형제들』, 정진홍, 『고전, 끝나지 않는 울림』, 강, 2003, 54쪽에서 재인용.

제나 밖에서, 계시나 기적이나 우연으로만 존재할 뿐입니다. 만약 악에 대해서 그런 것처럼, 인간이 스스로 자신에 내재한 것으로서의 선(善)을 완전히 이해하고 신뢰할 수 있었다면 구태여 신을 불러내지 않았을 것입니다. 저는 그렇게 생각합니다. 우리가 우리 안에 내재한 선만 분명하게, 의심 없이, 악처럼, 언제나 확인할 수만 있었어도 그렇게 구차해지지 않아도 되었을 것이라고 생각합니다.

만약 우리가 신을 불러내지 않고도 우리 안의 '불멸의 선'에 대해 이해하고 신뢰할 수 있는 기회가 생긴다면 반드시 그것을 놓치지 말아야 할 것입니다. 누가 선을 외치면 의심 없이 귀 기울여야 합니다. 지금까지 없던 것이라고 고개를 돌려서는 안 될 것입니다. 의심이든 욕심이든, 다른 어떤 것과도 타협해서는 안 됩니다. 이것이 마지막 모험이라고 생각하고 받아들여야 합니다. 그것을 놓치는 자는 영영 '살아서 구원받을' 기회를 잃고 말 것이기 때문입니다. 그것만이 우리가 '실존으로서의 신'을 가질 수 있는 유일무이한 길이기 때문입니다.

미제는 형통하니 작은 여우가 거의 물이 마른 데로 건너다가 그 꼬리를 적시니 이로울 바가 없느니라.

未濟亨小狐汔濟 濡其尾无攸利.(『주역왕필주』, 478쪽)

『주역』의 마지막 괘는 화수미제(火水未濟), 미제(未濟)괘▤▤입니다. 작은 여우(小狐)는 대천(大川)을 건널 수 없으니, 물이 거의 마른 후에야 건널 수 있습니다. 미제(未濟)의 때에 처해서는 반드시 강건함으로 어려움을 헤쳐나간 후에야 건널 수 있습니다. 그러나 작은 여우는 비록 건널 수 있더라도 여력이 없어 그 꼬리를 적시지 않을 수 없습니다.『주역』의 마지막 교훈은 "때를 기다리고 끝까지 자중하고 노력하라"인 것 같습니다.

『주역』의 가르침에는 어긋나는 일입니다만(제가 지닌 작은 여우 본색일까요?) 속에 있는 말 한마디 하고 글을 마치겠습니다.

사람의 형색을 동물에 비유하는 일이 종종 있습니다. 오늘의 '작은 여우'도 그렇습니다. 여우 자체가 '큰 인물'과는 거리가 멉니다만 여우 중에서도 '작은 여우'이니 소인배 중의 소인배를 두고 하는 말이라는 느낌이 듭니다. 작은 여우들이 모여서 당(黨)을 이루면 늘 소란스럽습니다. 하루도 조용할 날이 없습니다. 개중에는 작은 가운데서도 제법 큰 놈도 있어 자기가 마치 호랑이라도 되는 듯 느릿느릿 걷고 말도 쉬엄쉬엄하는 놈이 생깁니다. 한번씩 사람들을 모아놓고 "왕후장상의 씨가 따로 있나? 후천개벽의 때가 왔다"라고 떠들고 다닙니다. 가관입니다만, 인간사 좁은 바닥에서는 왕왕 있는 일입니다. 작은 여우들이 떼를 지으면 호랑이도 황구 취급을 받는 경우도 있습니다("용이 개천에 내려오면 새우가 놀리고 호랑이가 저자에 내려오면 황구가 짖는다"라는 영화 「변검」에 나오는 노래 가사가 생각납니다). 대놓고 쩧고 까불며 까르르댑니다. 여론도 조작하고 순진한 새끼 호랑이 정도는 아바타 게임을 벌여서 간단히 사냥을 해버립니다. 욕심도 많아서 싸움이 끝나고 공치사가 적으면 앙심을 품고 난을 일으키기도 합니다. 어디서나 작은 여우들이 문젭니다. 물론 내 안의 작은 여우가 가장 큰 문제이긴 하겠습니다만.

내 손안의 주역

© 양선규

1판 1쇄 발행　|　2023년 7월 31일

지은이　　|　양선규
펴낸이　　|　정홍수
편집　　　|　김현숙 이명주
펴낸곳　　|　(주)도서출판 강
출판등록　|　2000년 8월 9일(제2000-185호)

주소　　　|　서울시 마포구 동교로17안길 21 (우 04002)
전화　　　|　02-325-9566
팩시밀리　|　02-325-8486
전자우편　|　gangpub@hanmail.net

값 15,000원
ISBN 978-89-8218-322-5　　03810